KB037050

그러니까 여행

스토리 인02 자신만의 가치, 행복, 여행, 일과 삶 등 소소한 일상에서 열정적인 당신에게…
하루하루의 글쓰기, 마음에 저장해둔 여러분의 이야기와 함께합니다.
첫 원고부터 마지막까지, 생활출판 프로젝트 '스토리인' 시리즈

내일 걱정은 내일 해도 충분해

그러니까 여행

초판 1쇄 인쇄 | 2018년 06월 25일
초판 1쇄 발행 | 2018년 06월 30일
지은이 | 정 순
발행인 | 김태영
발행처 | 도서출판 씽크스마트
주 소 | 서울특별시 마포구 토정로222(신수동) 한국출판콘텐츠센터 401호
전 화 | 02-323-5609 / 070-8836-8837
팩 스 | 02-337-5608

ISBN 978-89-6529-185-5 03810

• 도서출판 <사이다>는 사람의 가치를 밝히며 서로가 서로의 삶을 세워주는 세상을 만드는 데 기여하고자 출범한, 인문학 자기계발 브랜드 '사람과 사람을 이어주는 다리'의 줄임말이며, 씽크스마트 임프린트입니다.

원 고 | kty0651@hanmail.net

씽크스마트 • 더 큰 세상으로 통하는 길
도서출판 사이다 • 사람과 사람을 이어주는 다리

내일 걱정은 내일 해도 충분해

그러니까 여행

프롤로그

치유하는 여행

상처 입은 자만이 다른 사람을 치유할 수 있다.
- 카를 구스타프 융

자녀 교육에 헌신했던 나는, 자타가 공인하는 현대판 맹모였다. 아이들을 특목고에 보내기 위해 사는 곳만 옮겨 다니지 않았을 뿐, 온 신경은 아이들을 향해 뻗어 나갔다. 그 결과 두 아이 모두 특목고에 입학했고 주변 사람들의 부러움을 샀다. 세상은 열심히만 하면 뭐든 이루어진다고 믿었다. 적어도 아들이 자퇴 선언으로 뒤통수를 치기 전까지는. 자퇴라는 돌부리에 걸려 넘어지지 않았다면 가짜 욕망을 좇아 여전히 맹모로 살고 있을지도 모른다. 오랜 시간에 걸쳐 그린 그림이 하루아침에 새까맣게 변해버리자 가족들은 뿌리 뽑힌 가로수처럼 중심을 잃고 이리저리 흔들렸다.

아픈 공간으로부터 탈주를 시도했다. 일종의 도망이었다. 지난 삶의 흔적들이 남아있는 공간은 아픈 곳을 더 아프게 했다. 무작정 기차에 올랐다. 나의 삶은 무궁화호 열차를 타기 전과 후로 나뉜다. 여행이 시작되었다. 단순히 '이곳'을 벗어나기 위해 여행을 선택했고 여행을 통해 나 자신을 고독이라는 늪에 빠뜨렸다. 여행이라는 낯선 시간적, 공간적 여백에 나를 풀어놓았다.

생의 전환점은 고독하고 힘든 시간에 소리 없이 찾아왔다. 길 위에서 묻어 두었던 나와 끝없이 푸른 가을 하늘과 밤하늘의 뭇별과 광활한 바다와 산들바람을 만났다.

말이 없어졌다. 침묵은 전혀 다른 형식의 감각기관이다. 보이지 않던 것이 보이고 들리지 않던 소리들이 들리기 시작했다. 찢기고 할퀸 마음의 상처는 대부분 길 위에서 위로받았다. '사랑해' '사랑해' '사랑해'를 수도 없이 되뇌며 걷고 또 걷다 보면 물에 잉크가 풀어지듯 응어리가 풀려나갔다.

짧은 몇 해 동안 지구 열세 바퀴는 돈 것 같다. 세상에 대한 오해, 나에 대한 오해, 성공에 대한 오해, 행복에 대한 오해들이 지난 시간에 대한 조용한 고백을 통해 하나 둘 풀려 나갔다.

가파른 계곡을 타고 거칠게 내려온 물이 웅덩이를 만나 쉬어 가듯 여행을 통해 세상의 소음과는 상관없이 마음은 점점 고요해지고 평화로워졌다. 고통의 순간은 심연 깊은 곳의 나를 돌아보는 계기가 되었고 비로소 나의 욕망은 자본을 향한 가짜 욕망이었음을 인정했다. 세상을 새롭게 바라보기 시작했다.

누구나 갖고 있을 크고 작은 상처는 몸과 마음 깊숙한 곳에 저장되며, 이러한 상처로 성숙해지느냐 자신을 파괴하느냐는 전적으로 선택의 문제다. 멀리했던 책을 다시 가까이 하고 조금씩 주변을 기록하기 시작했다.

치유하는 글쓰기로써 '자기 역사'를 써보라는 글을 읽고 '그래, 쓰고 덮어 두자.'라고 생각했다. 나의 역사를 쓰는 과정에서 나를 좀 더 이해하고 불편했던 감정과도 화해할 수 있을 거라 믿었다. 글을 쓰기로 작정하고도 여전히 쓸까 말까를 고민하느라 쉽게 잠들지 못했다. 글을 쓰면 아픈 곳이 되살아나 쓰는 도중 몇 번을 멈춰야 했다.

누군가는 넘어진 곳에 주저앉지만, 누군가는 넘어진 지점이 새로운 시작점이 되기도 한다. 막막했지만 무너진 가족을 어떻게든 다시 일으켜 세워야 했다. 판타지로 뒤덮인 미래가 이전까지 가족을 움직인 동력이었다면 무너진 가족을 조금씩 일으켜 세운 것은 여전히 남아 있던 보이지 않는 사랑의 힘이었다.

글을 쓰면서 시간을 거슬러 올라갔다. 어느 순간 내 이야기로부터 떨어져 나와, 객관적인 시선을 유지하고 있는 나를 보고 놀랐다. 손끝에서 단어가 나오고 문장이 만들어지고 이야기가 커질수록 내 안의 응어리는 신기하게도 조금씩 줄어들었다. 글의 재료가 마치 내 안의 응어리로 뭉쳐 있던 상처 같았다. 울면서 썼던 문장을 담담하게 읽어 내려갈 수 있게 되었다.

왜곡되기 쉬운 기억에 의존하는 대신 다양한 해석과 재배치를 통해 나만의 기억을 새롭게 구축해 나갔다. 어쩌면 이 모든 것은 삶을, 삶에 담긴 모든 것들을 사랑하겠다는 의지였는지도 모른다.

누구나 자기 앞에 닥친 고통이 가장 커 보이듯이 자기 연민에 빠져 날마다 신음하던 나는 여행을 통해 내 고통의 시작은 내 안에서 출발했다는 것을 알게 되었다. 그러니까 나의 고통은 내가 만든 각종 오해로부터 출발해 스스로를 괴롭힌 것이다.

같은 실패가 누군가에게는 실패가 아닐 수도 있으며, 같은 실패라도 누군가는 절망하고 누군가는 더 나은 길로 나아가는 발판으로 여긴다는 사실을 기꺼이 받아들였다. 실패를 기회로 생각하자 고통은 더 이상 고통이 아니었다. 마음이 가벼워졌다. 더불어 지금 누리고 있는 모든 것들에 대해 감사할 수 있는 마음의 여유까지 생겼다.

세상은 하나도 변하지 않았지만 글쓰기와 여행을 통해 주변의 모든 것이 달라졌다. 일상의 습관도, 세상을 바라보는 시선도, 가치관도 달라졌다. 닫혔던 세상이 활짝 열렸다.

용기를 내어 다시 일어남의 여정을 세상과 나누기로 했다. 상처 입은 자만이 다른 사람을 치유할 수 있다는 말이 힘이 되었다. 같은 문제로 습한 지하에서 신음하고 있을 누군가에게, 또는 여전히 맹목으로 자식 교육에 헌신하고 있을 이 땅의 어머니들에게 나의 이야기가 생각의 씨앗이 되고, 아픈 상처를 토닥여 주는 따듯한 손길이 되었으면 하는 바람이다.

지금도 어딘가에서 나를 잃어버린 채 자식의 미래에 매달려 고민하고 있을, 진로 문제로 힘든 시간을 보내고 있을 또는 이런저런 고통과 힘겹게 마주하고 있을지도 모를 당신에게 그동안 외면했던 자신을 만나보기 위해, 다친 마음을 치유하기 위해 여행을 떠나라고 말하고 싶다. 멀리서 당신을 응원하며 이글을 마친다.

2018년 4월 23일
비 내리는 봄
정순

차례

프롤로그

1부. 그래서 이별

2부. 그러니까 여행

3부. 그러므로 사랑

에필로그

그래서 이별 ___.

행복하지 않아요

겨울 바다 앞에서

무작정 새벽 운전을 해서 당도한 곳은 당진이었다. 오랜 침묵을 깨고 겨울 바다 앞에 섰다. 비릿한 바다 냄새가 코를 찔렀다. 미세 먼지로 흐린 바다가 뿌옇게 가라앉았다. 파도는 먼 바다로 물러가고 바닷가는 온통 시멘트를 이겨 놓은 것 같은 진회색의 뻘밭이었다. 갯벌의 작은 게들은 진흙을 뒤집어쓴 채 움직이지 않았다.

내가 마치 겨울 바닷가의 게들 같았다. 일상을 노랗게 뒤집어쓰고 세상으로 난 창문도 닫아걸었다. 닫힌 창틀 위로 먼지가 또 뽀얗게 내려앉았다. 모든 것이 죽어 있는 유령의 집처럼 공기마저 음산하다. 숨이 멎을 것 같은 적막함이 싫어 "야!" 하고 하마터면 게들을 향해 소리를 지를 뻔했다. 지난여름에 그렇게도 게걸스럽게 개펄을 입에 넣던 게들이 맞나 싶었다.

근처 식당에 들어가 회 정식을 시켰다. 식사가 나오기도 전에 맑은 소주를 입에 털어 넣고 나무젓가락으로 꿈틀거리는 낙지를 집어 입으로 밀어 넣었다. 낙지의 빨판이 입천장에 눌어붙었다. 죽어서도 꿈틀대는 낙지를 혀로 능수능란하게 떼어내고 잘근잘근 씹었다. 낙지의 아우성이 잦아들고 고소함이 입안에 퍼졌다. 산 낙지를 씹으며 나는 푸시킨의 시를 떠올렸다. '삶이 그대를 속일지라도 슬퍼하거나 노하지 말라 현재는 언제나 슬프고 마음은 미래에 사는 것' 마음은 미래에 산다지만 이미 산산조각이 난 것 같은 미래를 두고 현재의 고통을 마주하기란 얼마나 힘든 일인지. 헛웃음이 났다.

지난여름, '전 행복하지 않아요'라던 현태의 말이 교통사고의 후유증처럼 끈질기게 나를 따라다녔다. 봄이면 기숙사 앞이 온통 꽃구름을 이루는, 우리나라 과학의 산실이라 불리는 학교에서, 자유로운 기숙사 생활, 넘치는 젊음, 뭐가 부족해서 행복하지 않다는 건지 도무지 이해할 수 없다. 슬쩍 넘겨다 본 현태의 얼굴에는 검은 그림자가 짙게 드리워져 있었고 현태가 학교로 돌아간 뒤, 책상 위에서 나는 『죽음이란 무엇인가』란 책을 발견했다. 제목부터가 심상치 않았다.

현태엄마가 되다

산 정상에 오르려면 아직 멀었건만, 머리채를 질끈 동여매고 눌러 쓴 모자 속에도, 하얀 티셔츠 위에 걸쳐 입은 남색 체크무늬 셔츠도 눅진하게 땀에 젖었다. 꽝꽝 얼었던 물이 반쯤 녹아 걸을 때마다 덜그럭거렸다. 8월의 산은 새벽에도 나뭇잎이 땅을 향해 엿가락처럼 늘어졌다. 병아리처럼 고개를 들고 물병을 기울였다. 가는 물줄기가 정확하게 입속으로 떨어졌다. 식도를 타고 스치듯 넘어가는 차가운 물이 지친 몸을 일으켜 세웠다.

정상에 올라 넓적한 바위 위에 섰다. 동네를 내려다보며 좌우로 가볍게 목을 돌렸다. 주변에 아무도 없다. 혼자였다. 새우처럼 등을 동그랗게 말고 앉아 얼굴을 두 무릎 위에 올렸다. 사방에서 길게 짧게 들리는 풀벌레 소리가 공기를 찢고 몰려와 나를 에워쌌다. 현실에 눌려있던 지난 시간들이 뭉게뭉게 피어올랐다.

맏며느리감이 아니라는 친정 엄마의 만류를 뿌리치고 스물여섯 나이에 육 남매의 맏이인 남편과 결혼을 했다. 그리고 그 이듬해에 푸른 용이 승천하는 태몽을 꾸고 첫 아이, 현태를 낳았다. 정서적으로 다른 시댁 문화에 적응하느라 힘든 내색도 못하고 지내던 즈음이었다. 기쁨을 감추지 못한 남편은 병원 문을 나서며 독립군처럼 만세 삼창을 했고 나는 하루아침에 '현태 엄마'가 되었다.

넉넉지 않은 살림에도 가장 좋은 분유를 먹이고 가장 좋은 옷을 입혔다. 봄가을이면 한약도 직접 달여 먹였다. 하루가 온통 아이 중심으로 돌아갔다. 아침에는 그림책을 읽어주고 오후에는 동네 산책을 했다. 장난감과 교구도 직접 만들었다. 백지 상태의 아이는 뭐든 스펀지처럼 쑥쑥 빨아들였고 나는 아이가 자라는 모습을 기록하며 힘든 줄도 몰랐다.

현태에게 일찍 한글을 가르쳤다. 무엇보다도 책을 좋아하는 따듯한 아이로 키우고 싶었다. 책을 좋아하는 아이라면 스스로 자신을 책임지며 사회와 조화를 이루고 정서적으로 풍요로운 삶을 살 수 있으리라 믿었다. 식탁에도 거실에도 안방에도 보다만 책들이 널려 있었고 넘쳐나는 책은 책꽂이 위로 쌓여갔다. 어디서든 책을 읽고 있는 아이를 보면 저절로 미소가 지어졌다.

아이가 처음부터 책을 잘 봤던 건 아니다. 동화책을 읽어주면 현태는 동화책을 빼앗아 멀리 집어 던졌다. 그러면 나는 책은 던지는 것이 아니라 읽는 것이라고 가르치기 위해 도로 가져다 손가락으로 글자를 짚어가며 읽어 주기를 무한 반복했다. 반복에 지친 아이는 어느 날부터 더 이상 책을 집어 던지지 않았다.

나름 교육의 효과라고 자부했다. 거실과 방은 늘 동화책과 그림책으로 어지럽혀 있었고 집안의 모든 물건에는 색색의 이름표가 붙었다. 현태는 첫 돌이 되기도 전에 글자를 알아봤고 선풍기에 붙은 글자를 "기. 풍. 선"이라고 발음했을 때는 급기야 나도 모르게 환호성을 질렀다.

아이는 <잭과 콩나무>의 콩나무처럼 시간을 먹고 무럭무럭 자랐다. 현태가 삼십 사 개월 될 무렵 동생 소리가 태어났다. 소라가 태어남과 동시에 현태를 어린이집에 보냈다. 아이 둘을 돌보기에는 너무 힘이 부쳤다. 현태가 어린이 집에 다니던 어느 봄날이었다. 원장 선생님에게 전화가 왔다.

— 어머니, 현태 영재성 검사 한 번 받아 보세요. 영재성이 있어 보여요.

빈말이어도 사실처럼 듣고 싶은 말이었다. '혹시'는 바로 '확신'으로 탈바꿈했고 그 말이 기폭제가 되어 나는 조기교육 열풍의 한가운데로 뚜벅뚜벅 걸어갔다. 때맞춰 매스컴에서는 아이의 숨겨진 재능을 조기에 발견해 키워 주는 것이 부모 된 마땅한 도리라 떠들어댔다. 평범한 내게 '영재'라니 분에 넘치는 아이였다. 훌륭하게 키워 보고 싶은 욕심이 생겼다.

전교 1등 엄마

초등학교 고학년이 되면서 현태의 성취는 더욱 도드라졌다. 학교 대표로 교육방송 퀴즈 프로그램에 출연하기도 했다. 성적은 언제나 '수' 아니면 '1등'이었다. 엄마들은 그런 나를 '전교 1등 엄마'라고 불렀다.

— 현태는 어느 학원 다녀요?

— 어쩜, 현태 엄마는 밥 안 먹어도 배부르겠어요.

주변으로 모여든 엄마들이 내 귀에 달콤한 말을 쏟아 부었다. 아이가 공부를 잘한다고 안 먹어도 배부른 일은 절대 일어나지 않았지만 어깨가 으쓱했던 건 사실이었다.

누구를 이길 수 있는 위치에 있어보지 않았던 나는 상대평가를 그다지 좋아하지 않는다. '1'등은 좋았지만 그것이 누군가를 누른 결과이기보다는 성실함의 결과이길 바랐다. 그랬기에 현태와 난 최선을 다해 성실했다. 어쩌면 지나치리만큼. 좋은 과외 선생님을 두고 정보가 곧 성적인 것처럼 '쉬쉬'한다는 비밀스러운 아줌마 문화를 난 여전히 이해할 수 없다. 기쁜 것도 슬픈 것도 잘 숨기지 못하는 나는 '정직이 최선'이라 믿었고 그랬기에 누군가 물어오면 아는 바를 그대로 알려주었다.

중학교 진학과 동시에 현태는 들어가기 어렵다는 영재원에 들어갔다. 평범했던 나와 현태에게 이때부터 구체적인 욕심이 생겼다. 정해진 인원에 들어가려면 상대적으로 누군가를 이겨야 했다. 적성이 맞고 안 맞고는 전혀 고려되지 않았다. 영재원 아이들의 목표가 대체로 영재학교와 과학고였으므로 자연스럽게 현태의 목표도 과학고와 영재학교로 정해졌다. 현태와 나는 막연히 너도나도 가고 싶어 하는 학교니까 가면 좋겠다고 생각했다. 또한 남자니까 공학을 해야 한다는 선입관이 작용한 것도 사실이다.

빡빡한 공부가 시작되었다. 늦게 출발한 현태는 이미 몇 년 앞서 준비한 아이들의 선행속도에 기가 죽었다. 학습량이 기하급수적으로 늘었다. 아이를 학원으로 실어 나르는 기사 노릇을 하느라 나 역시도 덩달아 바빠졌다. 교육비 지출이 늘어나자 식비와 문화비를 대폭 줄여야 했다. 해리포터를 재미나게 읽던 아이가 <수학의 정석>을 붙들고 온종일 끙끙거렸고 동화책이 있던 자리엔 꼬부랑 영어 원서가 놓였다. 일요일이면 각종 경시대회를 치르느라 길거리를 헤매고 다녔다.

중학교 1학년 2학기부터 사춘기와 함께 현태의 반항이 시작되었다. 학원에서 밤늦게 돌아온 현태는 '쾅' 소리 나게 방문을 닫고 들어가 문을 걸어 잠갔다. 곧이어 아파트가 울리도록 쿵쿵

거리는 소리가 났다. 밤이면 사람들은 소리에 더 민감하다. 현태가 발을 구를 때마다 인터폰이 울릴까 봐 조마조마했다. 늦은 귀가에도 각종 수행 평가와 밀린 숙제로 일찍 잠들지 못하자 수면 부족 현상이 만성적으로 나타났다. 현태도 나도 점점 짜증이 늘었으며 피로는 산처럼 쌓여갔다. 쌓였던 불만이 터져 버리면 전쟁터를 방불케 하는 협박과 고성이 오갔다.

남편은 골프 연습하러 새벽부터 집을 나갔고 아침이면 집은 아수라장이 되었다. 두 아이 책가방 챙기기는 당연히 내 몫이었다.

— 엄마, 내 준비물!

— 엄마, 내 양말!

늦게 일어난 아이들은 툴툴거리며 급하게 엄마를 불러 댔다. 나는 두 아이의 손발이 되어 바쁘게 뛰어다녔다. 요란한 현관문 소리와 함께 아이들이 사라지고 나면 어지러운 집에도 정적이 찾아 들었다. 식탁은 먹다 만 음식으로 널브러져 있고 화장실 앞엔 벗어놓은 옷이 수북했다. 식구들이 모두 빠져나간 거실엔 무거운 공기가 맴돌았다.

긴 방학도 끝나고 봄을 기다리는 어느 겨울의 끝자락이었다. 아침밥도 굶고 등교하던 현태와 한바탕 소란을 피웠다.

— 오늘은 야구 하지 말고 꼭 일찍 와야 해!

내 말이 끝나기도 전에 현태의 얼굴은 일그러졌고 대답 대신 우당탕 불규칙한 소음이 뒤를 이었다. 등교하는 아이의 등에 거친 말 화살이 연이어 날아가 꽂혔다. 미처 대상을 따라가지 못한 화살은 현관문에 부딪혀 부러졌고, 부러진 화살은 부메랑처럼 돌아와 내 가슴에도 깊은 상처를 남겼다. 그런 날은 종일 마음을 졸였고 허둥지둥 늦게 나타난 아이는 저녁도 못 먹고 학원 버스를 탔다. '웬수!' 눈에 넣어도 아프지 않을 것 같던 현태는 언제부턴가 '웬수'로 변해 버렸다. 아이가 떠난 현관엔 아이의 체온이 채 가시지 않은 야구 글러브와 배트가 뒤엉켜 나뒹굴었다. 주인이 사라지고 나면 글러브는 천덕꾸러기였다. 나는 힘껏 야구 글러브를 발로 걷어찼다. 글러브는 내 발가락에 통증을 남기고 날아가 현태 방문턱에 떨어졌다.

어쩌다 욕실 거울에 비친 내 얼굴은 '누구세요?'라고 묻고 싶을 만큼 낯설었다. 파마한 지 오래된 머리는 다 풀려 부스스하고, 피부는 벗겨놓은 짐승의 가죽처럼 탄력을 잃고 축 늘어졌다. 그럴 때면 칫솔에 치약을 듬뿍 발라 양치질을 했다. 나의 젊음은 점점 시들어갔지만, 떡잎이 죽어 새싹을 밀어 올리듯이 엄마의 역할은 떡잎 같은 거라고 굳게 믿었다. 입속이 개운해지고 입 안에 치약 냄새가 옅게 퍼지면 기분이 한결 나아졌다.

사랑받고 자라지 않았어요

영재학교 시험은 봄부터 시작하여 여름이 끝나갈 무렵에야 겨우 끝이 났다. 1차 필기시험을 치르고 발표가 나기까지 오랜 시간이 걸렸다. 2차는 집단 면접, 3차는 영재 판별 검사였다. 두 시험 모두 합숙으로 이루어졌다. 긴긴 기다림의 연속이었다. 드디어 발표하는 날 아침이었다. 숨소리마저 죽인 채 여섯 개의 눈이 컴퓨터의 모니터를 응시했다. 수험 번호를 넣는 순간에 남편 핸드폰으로 문자 알림이 도착했다. 입시가 끝나고 그동안의 고생에 대한 보답이라도 하듯 '합격을 진심으로 축하합니다.'란 달콤한 문자였다. 너무 좋은 나머지 거실에서 어깨동무를 하고 펄쩍펄쩍 뛰었다. '혹시 영재가 아닐까?'는 영재 학교에 입학하면서 입증되었다. 그동안의 나의 수고와 노력을 한꺼번에 보상받는 느낌이었다. 사실 영재학교의 입학을 누구보다 원한 건 현태였다. 뭐든 한 가지에 몰두하면 밤을 새우던 현태는 성취감을 통해 인정받고 싶어 했다.

영재학교에 입학한 현태는 한 달에 한 번 집에 들렀다. 평소에 전화해도 잘 받지 않던 현태는 내가 학교에 찾아가도 냉랭했다. 아들의 태도에 서운했지만 남자아이들의 냉담한 태도는 대부분 엄마들의 화두였기에 크게 신경 쓰지 않았다. 현태는 영재

학교에 가서는 공부보다는 동아리 활동에 더 열중했다.

영재학교 2학년 겨울 크리스마스이브였다. 향초의 은은한 향이 거실을 가득 메우고 크리스마스트리에선 작은 전구들이 규칙적으로 반짝거렸다. 거실 등을 노란 등으로 바꾸자 아늑하고 따듯한 분위기가 연출되었다. 온 가족이 거실에 모여 앉아 과일과 케이크를 먹으면서 내가 말했다.

— 현태야, 넌 사랑 많이 받고 자란 아이란다. 잘 자라 줘서 고마워.

왠지 불안해 보이던 현태에게 따듯함을 전하려고 건넨 말이었다.

— 엄마, 전 사랑받고 자라지 않았어요.

뜻밖의 대답을 듣고서야 현태의 마음이 숯처럼 검게 변해 버린 걸 처음 알았다. 사랑받지 못했다는 현태의 말에는 가시가 잔뜩 박혀 있었고 가시 돋친 말들이 공중에 떠돌다 피부에 닿을 때면 벌에 쏘인 것처럼 따끔거렸다.

'나는 분명 아들을 누구보다 사랑했건만…'

한창 공부해야 할 시기에 응석을 받아 주면 공부를 안 할까 봐 아껴 두었던 사랑은 유효기간이 지나 버렸고 한껏 분위기를 살리려고 켜둔 꼬마전구는 지칠 줄 모르고 밤새 깜빡거렸다.

그 후로 나는 오랫동안 절망의 늪에 빠져 허우적거렸다. 과학책이다 문학책이다 가리지 않고 다양하게 책을 읽던 아이가 과학의 길로 들어서고, 입시라는 무한 경쟁에 내몰리면서 아이도 나도 서서히 메말라 갔는지 모른다. 하지만 이미 다 지난 일이었다.

꼭 성공해야 하나요.

대학 입학하기 전, 현태는 결국 전공을 문과로 바꾸고 싶어 했다.

— 전 과학보다는 사람의 마음을 공부하고 싶어요.

— 심리? 남자라면 공학을 해야지.

듣고 싶은 소리가 아니었으므로 나는 아들의 말을 귀담아듣지 않았고 남편은 무조건 공학, 그중에서도 기계공학을 강조했다. 나와 남편은 전도유망한 이공계의 길을 놔두고 앞길이 막막해 보이는 문과로 바꾸는 건 말도 안 된다고 일축했다. 나와 남편의 완강한 반대 앞에 현태는 더 이상 문과를 고집하지 못했다. 결국 과학의 길로 들어섰다. 평화로운 날들이 이어졌다. 적어도 그렇게 믿었다.

대학 2학년 여름방학이 끝나갈 무렵, 대낮에 집에 들른 현태가 말했다.

— 엄마, 전 행복하지 않아요. 하기 싫은 공부를 왜 하는지 모르겠어요.

처음엔 대수롭지 않게 받아넘겼다.

— 성공하려면 공부를 해야지.

현태는 물러서지 않고 되물었다.

— 꼭 성공해야 하나요? 그냥 행복하게 살면 안 되나요?

그렇게 힘들게 공부해 놓고 하는 소리마다 이해할 수 없었다.

— 그럼 왜 그렇게 열심히 공부 했어?

내 물음에 망설임 없이 현태가 대답했다.

— 인정받으니까요. 인정받고 싶어서 공부했고 공부를 하면 잘하니까 여기까지 왔는데 이젠 아니에요. 과학은 재미가 없어요.

큰비가 오기 전에 비를 예감하는 지렁이와 달팽이처럼 나는 어려서부터 다가올 불행에 아주 민감했다. 현태를 향해 촉을 세웠다. 행복하지 않다던 현태의 말은 지구를 도는 달처럼 내 주변을 맴돌았다. 불길한 예감은 점점 형태를 갖추고 성큼성큼 다가왔다.

세상에서 엄마가 제일 싫어

소라의 탄생

큰 아이 현태를 낳고 삼 년 뒤, 유난히 무덥던 8월 중순, 태몽을 두 번이나 꾸고 딸, 소라가 태어났다. 첫 번째 꿈은 멧돼지가 내 치마폭으로 달려들었다가 나가는 꿈이었고 두 번째 꿈은 너른 안개꽃밭에서 하얀 꽃잎에 노란 수술이 선명한 커다란 구절초 한 송이를 꺾어 집으로 돌아오는 꿈이었다. 어른들은 멧돼지로 봐서는 사내아이인데 꽃으로 봐서는 여자아이라고 했다. 멧돼지는 도로 나갔으니까 어쨌든 태몽은 꽃이다. 둘째는 딸이었으면 하고 바라던 차였기에 멧돼지가 나가준 것이 얼마나 다행이던지. 그 해 시골에는 물난리가 나서 개울의 둑이 무너졌고, 넘친 개울물이 밭작물과 다 자란 벼를 쓰러뜨렸다. 매스컴에선 수십 년 만의 더위라고 연일 떠들어 댔다.

소라는 현태와 태동부터 달랐다. 현태의 태동은 엄마인 내가 깜짝깜짝 놀랄 정도로 크고 불규칙했던 반면 소라는 뱃속에서도 마치 거북이처럼 아주 느리게 움직였다. 배냇짓이 곧 성격이었을까. 더위에 지쳤는지 소라는 갓 태어나서도 갓 난 아이답지 않게 조용했다. 생후 60일이 지나도록 엄마인 나를 보고도 잘 웃지 않았다. 방긋방긋 웃어야 할 갓난아기가 통 웃지를 않자 은근히 걱정되었다. '혹시 자폐아가 아닐까?' 웃지 않을 뿐만 아니라 소라가 보는 앞에서 엄마인 내가 사라져도 울지 않았다. 어떤 자극에도 반응이 없자 덜컥 겁이 났다. 책이나 잡지, 텔레비전에서 보던 자폐 증세와 너무나 비슷했다.

— 현태 엄마, 아무래도 소라가 좀 이상한 것 같지 않아?

조심스럽게 건넨 이웃집 여자의 말은 나의 조바심에 부채질을 했다. 아닌 게 아니라 엄마인 내 눈에도 소라는 예사롭지 않아 보였다. '고집 센 현태와 달리 순하다고 좋아했는데…' 지나가는 아줌마들이 예쁘다고 얼러도 눈동자만 굴리고 있고, 뉘여 놓으면 그 자리에 그대로 있는 소라를 보고 있으면 마음속은 대낮에도 동굴 같았다.

오랫동안 혼자서 속앓이를 하다가 용기를 내어 서울 특수아동 상담실에 전화를 했다. 수화기를 잡은 손이 가느다랗게 떨렸다. 성격일 수 있으니 조금만 더 기다려보자는 상담사의 희망적인 대답에 가슴을 쓸어내렸다.

소라는 또래 아이들이 걸을 무렵에 겨우 기어 다니기 시작했고 15개월도 한참 지나서 첫걸음마를 뗐다. 말은 더욱 늦게 트였지만, 다행히도 말귀는 알아들었다. 자폐아가 아니라는 사실만으로도 충분히 감사했다.

소라는 느린 것만 빼면 천진난만하며 낙천적이다. 책을 집어 던지던 현태와는 달리 책을 무척이나 좋아했다. 어려서도 남이 읽어주면 답답한지 빼앗아 자기가 읽었고 조금 커서는 오빠 책이든 내 책이든 닥치는 대로 읽어 댔다. 책을 읽고 있으면 말을 걸어도 소용없었다. 그래서였을까. 점점 언어에 남다른 재능을 보였다.

학교에서는 날마다 일기 검사를 했고 다른 아이들과 마찬가지로 소라 역시 일기 쓰기를 몹시 귀찮아했다. 긴 글이 쓰기 싫은 소라는 꾀를 내어 일기 대신 시를 쓰고 네 컷 만화를 그렸다. 이유야 어찌 되었든 소라의 시와 만화를 본 사람들은 다들 놀라워했다. 덕분에 '꼬마 시인'이라는 별명을 얻었다. 하지만 집에서는 꼬마시인 대신 꾀가 많은 '조조'라고 불렀다. 건강하기만 했으면 하던 마음은 시나브로 기억에서 사라지고 슬슬 욕심이 생겼다.

느린 아이

유치원을 거쳐 초등학교 저학년 때까지는 별 탈 없이 잘 지냈다. 남을 배려할 줄 아는 다정다감한 아이여서 친구들에게 인기도 많았다. 그러나 초등학교 고학년이 되면서 문제가 생겼다. 잠이 많은 소라는 늘 늦게 일어났고 거의 매일 지각을 했다. 생각도 느리고 행동도 느리고 밥 먹는 것 또한 느렸다. 성격이 급한 나와 느긋한 성격의 소라는 늘 먹는 문제로 식탁 앞에서 실랑이를 벌였다. 수저를 들어 입으로 가져가는 데 너무 오랜 시간이 걸렸다. 급기야 다 큰 아이에게 밥을 먹여주기 시작했다. 그러나 삼키는 데 그보다 더 많은 시간이 걸렸다. 하루 이틀 문제라면 굶겨도 좋으련만 굶기기엔 소라의 팔다리는 나무 꼬챙이처럼 가늘었다. 밥을 먹다가 등을 맞는 날이 많았다. 때려서라도 먹이고 싶었지만 늘 실패로 끝났다.

어느 날 학교에서 돌아온 소라가 말했다.

— 엄마, 나 학교 다니기 싫어. 홈스쿨링 할래.

— 어머나, 왜?

소라가 울면서 대답했다.

— 날마다 선생님이 지각한 사람 교실 뒤에서 앉았다 일어났다 오 백 번씩 시킨단 말이야.

얼마나 힘들까 싶으면서도 어이가 없었다. 조금만 일찍 일어나면 되는 간단한 일이 소라에게는 거의 불가능한 일이었다. 어서 그 학년이 끝나기만을 기다려야 했다. 결국, 나는 소라의 습관 보다 질긴 느린 천성을 받아들였다.

소라의 사춘기

사춘기라고는 없을 것 같던 소라도 중학교에 입학하면서 홍역을 치르듯 사춘기를 맞았다. 기대는 실망을 부른다. 그러니까 기대는 실망의 어머니다. '두 번째는 첫 번째보다 수월하겠지' 하는 섣부른 기대는 여지없이 빗나갔다. 현태의 사춘기는 '몸'으로 왔고 소라의 사춘기는 '입'으로 왔다, 그러니 내게는 둘 다 처음 겪는 일이었고, 처음 겪는 일이어서 둘 다 쉽지 않았다.

생글생글 잘 웃던 소라의 얼굴에서 웃음기가 사라졌다. 불러도 못 들은 척하거나 아예 내 말을 무시했다. 마지못해서 하는 대답은 짧았고, 짧은 대답에는 강한 불만과 불평이 담겨 있었다. 나의 잔소리가 길어지던 어느 날이었다.

— 세상에서 엄마가 제일 싫어!

'세상에서 제일 좋은 엄마'를 기대했지만 돌아온 건 '세상에서 제일 싫은 엄마'였다.

— 세상에서 제일 싫으면 집을 나가!

하지만 딸을 현관에서 집 밖으로 밀어내려는 시도는 번번이 진땀만 빼고 실패로 끝났다. 다 큰 소라에게 나는 지적으로도, 완력으로도, 배짱으로도 밀렸다. 현태의 사춘기와는 다르리라고 생각했던 내 생각은 그러니까 처음부터 잘못된 계산이었다. 고된 육체노동과 감정노동의 이중고를 감당하다가 도저히 참기 힘든 날은 엉뚱하게도 화살이 남편을 향했다. 만세 부를 때는 언제고 자식 교육에서 한 발 뒤로 물러나 있는 남편이 못마땅했다. 남편을 향해 쏘아붙였다.

— 애는 나 혼자 낳았느냐고!

말 없는 남편은 묵묵부답이었다. 혼자 떠들다 지쳐 그만 두는 날이 많았다.

사춘기를 겪으면서 소라 역시 과학고 입시를 치렀다. 나는 소라가 과학고에 가는 것을 사실상 현실적인 이유를 들어 반대했다. 엄마인 나는 소라가 과학고의 힘든 과정을 이겨 내기에는 체력도 안 되고 독하지도 못하다는 걸 알고 있었다. 그러나 남편은 합격만 한다면 안 갈 이유가 없다고 했다. 무엇보다도 기숙학교에 대한 환상이 있던 소라 역시 남편과 같은 마음이었다. 몇 번의 부부 싸움 끝에 원서를 넣었다. 면접 보는 날 아침, 나는 차라리 떨어졌으면 좋겠다고 생각했다. 자기 일이면서 소극적인 소라가 영 마음에 들지 않았다.

그 사이 과학고 입시가 선행 학습 위주에서 창의력 검사로 바뀌었고 선행이 덜 된 소라는 창의력 검사를 거쳐 과학고에 입학했다. 별 노력 없이도 일이 척척 풀리는 걸 보면 억세게 운이 좋다고 밖에 할 말이 없다. 합격자 발표가 나던 날, 나는 소라의 등을 퍽 소리가 나게 때리며 말했다.

— 너 이제 어떻게 할 거야!

그야말로 대책이 필요했다. 현태가 영재학교에 합격했을 때와는 완전히 다른 모습이었다. 한숨이 나왔다. 소라는 적성인 디자인을 뒤로하고 특목고에 합격했다는 사실에만 들떠, 곧 닥쳐올 운명은 알지 못한 채 즐거워했다.

과학고는 입학 전부터 일정이 빠듯했다. 고교 삼년 과정을 일 년 반 만에 소화해야 했으므로 한숨 돌릴 새도 없이 바쁘게 돌아갔다. 입학하자마자 바로 졸업반이 되는 커리큘럼은 모든 것이 느린 소라에게는 벅찬 과정이었다. 따라가느라 헉헉거렸다. 과학고 아이들은 놀다가도 바로 공부 모드로 전환이 가능한 집중력이 남다른 아이들이다. 주말이면 집에 오는 차 안에서 이내 잠들어버리는 딸에게 더 공부하라는 말을 할 수 없었다.

대학 입시를 앞둔 어느 날 소라가 말했다.

— 평생 물리나 화학을 공부하며 살아야 한다면 끔찍할 것 같아.

나는 소라의 말에 '너 그럴 줄 알았다는 듯이' 말했다.

— 거봐! 엄마 말을 들었어야지.

이성보다는 감성이 발달한 소라는 과학과는 거리가 먼 아이였다. 국어, 영어 성적과 물리 화학 성적이 정확히 대칭을 이루었다. 처음부터 과학고는 가지 말아야 했지만 그림 그리기를 좋아했던 소라는 과학고를 졸업하고 산업 디자인을 공부하고 싶어 했다. 끝까지 말리지 못한 것을 후회했다. 부족한 과목은 과외를 시켰지만 별 효과를 보지 못했다. 딸도 나도 마음고생이 이만저만이 아니었다.

대입에 앞서 진로 선택권을 전적으로 소라에게 맡겼다. 두 번 실패하고 싶지 않았다. 한번 실패를 겪은 소라가 이번엔 적극적으로 변했다. 어려서부터 손재주가 많았던 딸은 인문 과학 통합과를 선택했다. 지옥 같던 대학 입시가 끝나고 서울에 있는 대학의 인문과학 통합과에 입학했다. 그나마 적성을 살릴 수 있어 다행이었다. 소라의 얼굴은 다시 초여름 함박꽃처럼 피어났다. 하지만 나는 마냥 기쁘기만 한 건 아니다. 이번에는 혼자 객지에서 살아갈 딸이 걱정이었다. 엄마인 내게 서울은 위험한 곳이었으니까. 서울로 올려 보내고 날마다 노심초사였다. 매일 밤 10시가 넘으면 문자를 보냈다.

— 지금 어디야? 빨리 기숙사 들어가야지.

— 네, 알았어요.

처음에는 고분고분하던 딸이 점점 짜증을 내기 시작했다.

— 엄마, 지금 밖에 있으면서 여기 기숙사야. 그러면 어떻게 하실 건데요?

딸은 나의 관심을 잔소리로 치부했다. 배신감에 잠도 오지 않았다. 점점 문자 보내는 횟수를 줄여 가기로 마음먹었다. 하지만 늦은 밤이면 어김없이 불안감이 찾아와 나를 괴롭혔다. '묻지 마 폭행'에 관한 뉴스라도 접한 날은 늦게 귀가하는 딸이 원망스러웠다. 소라의 짧은 치마 길이도 나의 잔소리를 부추겼다.

— 아휴, 이게 웃옷이지 원피스니? 좀 길게 입으라고!

그러면 소라는 대답했다.

— 엄마, 다들 이렇게 입어, 이게 뭐가 짧아.

차라리 안 보면 나을 것 같아 서울로 쫓아 보내도 마음은 편치 않았다. 아이들은 이미 나의 통제권 밖에 있었고 나의 협박은 더 이상 통하지 않았다.

빈둥지증후군이 찾아오다

두 아이가 모두 떠나자 집이 텅 비었다. 주체할 수 없이 넘쳐나는 시간도 감당하기 힘들었다. 아침에 일어나면 긴 시간이 뱀처럼 혀를 날름거렸다. 뭘 해도 재미가 없고 맛있는 음식 앞에서도 식욕이 당기지 않았다. 어쩌다 거울을 보면 내 얼굴이 아니라 엄마의 얼굴이 보였다. 엄마처럼 앞머리가 하얀 나의 얼굴은 차마 오래 보고 있기가 힘들었다. 텔레비전을 앞에 두고 멍하니 앉아 있다 보면 아무런 이유 없이 눈물이 나왔다. 시계를 바라보는 횟수가 늘었고 시간은 정지한 듯 느리게 흐르다가도 어느 순간 광속으로 달아났다.

나른한 오후, 집안의 공기조차 답답했다. 어디든 나가보려고 벌떡 일어났다가 고무줄보다 질긴 습관에 발이 묶여 도로 소파에 주저앉았다.

친구들을 떠올리며 핸드폰을 만지작거렸다. 핸드폰을 열고 주소록을 클릭해 하나하나 읽어 갔다. 그나마 친구 전화번호도 몇 개 남아 있지 않았다. 결혼 후 육아에 전념하느라 친구를 찾지 않았고 전화도 없이 지내다가 새삼 전화하려니 망설여졌다. 녹색 통화 버튼 위에서 손가락이 멈추었다. 오래전 친구 이름을 보자 꿈 많던 학창시절 모습이 아른거렸다. 용기를 내어 녹색 통화 버튼을 눌렀다. 취소 버튼을 누를까 망설이는 사이 전화가 연결되고, 전화선을 타고 반가워하는 친구의 목소리가 넘어왔다.

— 어머! 순이구나. 오랜만이다. 잘 지내지?

오랜만에 들어보는 내 이름이었다.

— 응, 너도 잘 지내지?

— 그래, 남편도 잘 있고? 아이들도 잘 크고?

— 그렇지 뭐.

이야기가 이어지지 않았다. 십여 년 만에 전화해서는 '잘 지내지?' 외에 더 할 말이 없다는 사실에 막막했다. 다음 말을 찾지 못해 빈 핸드폰만 들고 있다가 지금은 근무 중이라 바쁘다는 친구의 말을 마지막으로 통화가 끝났다. 나도 직장 생활을 했더라면 하는 아쉬움이 잠깐 스쳐지나갔다. 다시 정적이 빠르게 모여들었다. 보지도 않을 텔레비전을 켰다. 텔레비전 안에 갇혀 있던 소리들이 거실로 쏟아져 나오고 나는 현란한 화면을 피해 눈을 감아 버렸다.

살림하는 로봇

균열의 조짐

아래층에는 나보다 한 살 어린 김유진이 산다. 유진의 남편은 무역 회사에 다닌다. 정치외교학을 전공한 유진은 온화하고 발랄한 성격으로 해박하며 달변가다. 술도 잘 마셨다. 술을 마시면 주변 사람들을 즐겁게 했다. 나의 긴 머리와는 달리 자주 손질이 필요한 짧은 단발을 고수하던 유진은 일주일에 한 번은 꼭 경락 마사지를 받으러 다녔다. 그래서인지 유진의 얼굴은 또래보다 한참 어려 보인다. 그런 유진에게는 아이가 없다. 불임의 원인조차 정확히 모른다고 했다. 나와 남편은 유진의 이름을 따서 '유진네'라고 부르기도 하고 '아래층 여자'라고도 불렀다. 우리는 가끔 부부 동반으로 밥을 먹었다.

그런 유진네와 유월에 캐리비안베이에 가기로 했다. 현태와 소라가 모두 기숙학교로 떠난 후라 가능한 일이었다. 여름 성수

기가 오기 전에 다녀오자는 아래층 남자의 제안에 물을 무서워하는 내가 우물쭈물하는 사이 물놀이를 좋아하는 남편이 흔쾌히 승낙해 버렸다. 물놀이를 가기로 한 그 날이 나의 마흔다섯 번째 생일인 건 나중에 달력을 보고서야 알았다.

알이 큰 검은 선글라스를 낀 유진이 하얀 티셔츠에 찢어진 청바지를 입고 지하 주차장에 나타났다. 집에서는 묻는 말에나 겨우 대답할 뿐 말이 없는 남편이 유진을 보고 내게 한마디 했다

— 옷이 그게 뭐야. 머리는 또 뭐고. 하여간….

— 놀러 가는 데 편하면 되지 뭐가 이상해?

아파트 공터 오일장에서 산 감색 티셔츠에 구겨진 면 소재 반바지를 입고 반쯤 풀어진 파마머리를 하나로 느슨하게 묶으며 대답했다.

— 이 옷이 얼마나 편한데 그래.

나는 바지를 손으로 탁탁 털면서 대답했다.

— 옷을 꼭 실용성으로만 입나?

— 그럼 겉옷을 넣어 입을까?

억지 익살을 부리며 맞받아쳤다.

— 그냥 가!

돌아온 남편의 대답에는 못마땅한 기색이 역력했다. 출발부

터 영 기분이 좋지 않았다. 면 반바지는 이미 구겨질 대로 구겨져 있고 티셔츠에는 엷은 얼룩이 그날따라 선명했다.

차가 고속도로에 진입했다. 남편과 유진은 차에 오른 지 얼마 지나지 않아 여럿이 모이면 절대 해서는 안 된다는 정치 이야기를 했다. 간간이 함께 웃는 것으로 보아 다행히 의견이 맞아 떨어진 모양이었다. 운전석의 아래층 남자는 스피커에서 흘러나오는 <레몬트리>를 허밍으로 따라 부르면서 장단 맞추듯 손가락으로 운전대를 가볍게 두드렸다. 듣기에 따라 즐거울 수도 우울할 수도 있는 노래였다.

나를 제외한 일행들은 이따금 경쾌하게 웃었다. 몰려다니며 바이킹도 타고 보디 슬라이딩도 즐겼다. 밀려오는 인공 파도 위로 햇살이 내려와 하얗게 부서졌다. 물을 싫어하는 나는 오후 내내 파라솔만 지켰다. 나와 상관없이 즐거운 남편을 보자 은근히 화가 났다. 그야말로 남편은 집에서도 밖에서도 '남의 편'이었다.

집으로 돌아오는 차 안은 조용했다. 요금소를 빠져 나오자마자 만남의 광장에 차를 세웠다. 올 때는 남편과 아래층 남자가 번갈아 운전했음에도 장시간 이동으로 피곤했던지 아래층 남자가 차에서 내리자마자 크게 기지개를 켰다.

— 어디 가서 식사나 하고 들어가죠?

내 생일인 것을 아는지 모르는지 남편이 제안했다.

— 그러죠. 뭐.

아래층 남자가 재빨리 대답했다. 한 번 꼬인 실타래는 더욱 엉켜 들었다. 남편이 유진에게 물었다

— 뭐 드실래요?

유진이 재빨리 대답했다

— 우리 회 먹으러 가요!

— 좋지.

다시 운전석에 오르며 아래층 남자가 말했다. 아래층 남자의 대답을 끝으로 그 날 메뉴가 결정되었다. 누구 하나 나의 의견을 묻지 않았고, 묻지 않았으므로 나는 대답하지 못했다. 메뉴 선택권이라도 나에게 넘겼더라면 덜 서운했을 것이다.

차는 시내 외곽을 달려 대나무로 외관을 꾸민 '싱싱한 바다 횟집' 앞에 멈췄다. 다다미방으로 꾸며진 고급 횟집이었다. 새빨간 립스틱으로도 나이를 감추지 못한 중년 여자가 서빙을 했다. 소주잔 부딪치는 소리 위로 이번엔 알아들을 수 없는 경제 용어들이 날아다녔다. 나는 소주잔만 만지작거렸다. 유진과 아래층 남자가 내게 말을 걸어왔지만 나는 짧은 대답으로 이야기

의 허리를 잘라버렸다. 그리고는 넘어가지도 않는 소주를 입에 연신 들이부었다.

횟집을 나서는데 다리가 휘청했다. 얼른 벽을 짚었다. 얼굴에선 열감이 느껴졌지만 내 마음은 남극의 빙하처럼 꽁꽁 얼어붙었다. 곱지 않은 남편의 시선이 나를 향해 날아왔다. 나는 날아오는 남편의 눈길을 피해 얼른 고개를 돌려 버렸다. 그러나 아래층 여자의 신발을 친절하게 돌려놓고 있는 남편의 모습을 피하지는 못했다. 남편은 유진과 함께 밖으로 나갔다. 내 신발 한 짝이 보이지 않았다. 비틀거리는 몸으로 엉덩이를 번쩍 들고 고개를 바닥까지 숙이고서야 겨우 사라진 신발 한 짝을 찾을 수 있었다. 신발을 신으려는 순간 중심을 잃고 바닥에 주저앉았다. 마음에 산사태가 났다. 밖으로 나오자 일행들은 기다렸다는 듯이 하나둘 차에 올랐다. 요염한 여자의 날렵한 눈썹 같은 초승달이 눈앞에서 아른거렸다. 눈을 감았다.

꽝! 현관문 닫히는 소리 뒤로 남편의 불만 섞인 핀잔이 어깨에 날아와 꽂혔다.

— 무슨 여자가 그렇게 술을 마셔! 창피해서….

— 창피하다구? 당신, 오늘이 내 생일인 건 알기나 해!

술김에 속사포로 쏘아붙였다. 남편 역시 물러서지 않고 험악

한 표정을 지으며 소리 질렀다

— 생일이 뭐 별거야? 해마다 돌아오는 생일 즐겁게 보냈으면 됐지. 언제까지 지겨운 생일 타령이야. 애도 아니고.

남편은 거친 걸음으로 속옷을 챙겨 들고는 욕실 문을 신경질적으로 닫았다. 나는 샤워기 물 떨어지는 욕실을 향해 악을 썼다.

— 내가 바보지 바보! 알뜰살뜰 열심히 산 대가가 고작 이거야? 말도 안 돼!

— 당신 열심히 살기는 살은 거야? 그렇게 자기관리 안 되는 여자인 줄 알았다면 결혼 안 했다고.

샤워를 마친 남편은 뼈 있는 말을 남기고 안방으로 들어가 버렸다.

— 자기관리? 자기관리 좋아하네. 아이들 뒷바라지하기도 빠듯한데 뭐 자기관리?

악이 바치자 닫힌 안방을 향한 내 목소리에서 쇳소리가 났다. 가슴에는 커다란 대못이 박혔고 나는 상처 입은 사슴처럼 오래도록 눈물을 흘렸다.

배반에 대한 응징

그날 이후, 밤낮으로 찬바람이 불었다. 남편의 사회적 지위가 곧 나의 성취려니 생각했던 마음은 산산이 부서지고, 부서진 마음 위로 지난 시간들이 파노라마처럼 흘러갔다. 나보다 가족을 먼저 챙긴 것이 잘못이었을까. 시간을 거슬러 올라가 봐도 어디서부터 꼬이기 시작했는지 알 수 없었다. 여유롭게 늘 자신을 가꾸는 유진이 부럽다고는 말했어도 진심으로 부러웠던 적은 한 번도 없었는데 모든 것이 뒤죽박죽되고 말았다. 나를 돌보지 못한 것에 대한 후회가 밀어 닥쳤다.

아이들이 크고 학원비가 늘면서 나를 위한 지출은 아예 끊어 버렸다. 다니던 헬스장도 그만두었다. 헬스다, 수영이다. 몸매 관리까지 하면서 살림까지 잘하는 우아한 살림꾼이 부럽지 않은 건 아니었지만 남편의 월급은 나를 돌보면서 여유 부릴 만큼 넉넉하지 않았다.

욕조에 따듯한 물을 가득 채웠다. 그리고 몸을 담갔다. 나른함이 밀려왔다. 응어리진 마음이 너풀너풀 풀리는 것도 같았다. 월담을 하듯 해서는 안 되는, 또는 할 수 없다고 생각했던 일들을 하나하나 함으로써 배반에 대해 응징을 하기로 마음먹었다.

화장품 하나 사고 잔뜩 얻어 온 샘플로도 몇 달을 견디던 나는 욕조에서 나오자마자 머리의 물기도 제거하지 않은 채 화장대 서랍 속의 샘플들을 좌르르 쓰레기통에 넣어 버렸다. 수

십 개의 샘플들이 우당탕탕 불규칙한 소리를 내며 쓰레기통으로 떨어졌다. 샘플들과 함께 궁색한 삶도 과감하게 쓰레기통으로 던져 버렸다. 근검절약하며 살았던 지난날과의 고별인사는 간단했다. 화장대 앞에 앉아 물끄러미 거울을 바라보았다. 늙어가기 시작한 낯선 여자가 슬픈 눈으로 나를 바라보았다. 눈가엔 주름이 자글자글하고 이마엔 옅은 주름마저 패여 있었다. 에센스를 듬뿍 발라 정성스럽게 눈과 입 주변을 마사지 했다.

'그래 이제부터 각자 제멋대로 살아보는 거야.'

변화는 행동으로 나타났다.

— 집구석이 이게 뭐야! 도대체 정신을 어디 두고 사냐구!

남편의 퉁명스러운 소리가 날아왔다

— 당신이 좀 치우면 안 돼요? 나는 로봇이 아니라구!

나도 맞받아쳤다. 골진 마음은 매번 엉뚱한 곳에서 터졌다.

— 살림하는 여자가 그 걸 말이라고 해! 도대체 종일 집에서 하는 일이 뭐야?

남편의 화는 쉽게 가라앉지 않았다.

— 나도 사람이라구! 늘 하던 일이 이유 없이 하기 싫어지기도 하는…. 난 그러면 안 돼?

나 역시도 목소리를 죽이지 않았다.

급기야 남편이 거실의 휴지 케이스를 집어 텔레비전을 향해 던지고는 꽝 소리를 내며 안방으로 들어가 버렸다. 미처 따라가지 못한 불만이 문 앞에서 미끄러졌다. 서로가 쏘아 올린 분노의 화살은 가슴에 하나둘 쌓여갔다.

느린 걸음으로 주방으로 갔다. 주전자에 물을 받아 가스레인지에 올렸다. 밸브를 돌리고 가스 불을 켜자 레인지에 불이 올라오면서 연한 가스 냄새가 났다. 이내 푸른 불꽃이 냄새를 먹어버렸다. 심한 말다툼 후면 여유 부리듯 늘 그렇게 물을 끓여 뜨겁고 진한 커피를 마셨다.

자퇴했어요

저에게 잘해 주지 마세요

— 엄마, 저에게 너무 잘해 주지 마세요. 아무래도 엄마 가슴에 못을 박을 것 같아요.

현관 비밀번호를 누르던 나는 귀를 의심했다. 환청이었으면 좋았으련만. 그렇게 말하는 현태의 얼굴에는 선전포고같은 비장함마저 서려 있었다. 그렇지 않아도 소라의 늦은 귀가로 날마다 스트레스를 받던 중이라 신경이 예민해져 있던 상태였다. 현태는 고집이 세다. 그뿐만 아니라 돌려 말하지 않는 아이다. 불길한 예감이 똬리를 틀었다. 유독 불길한 예감은 잘 들어맞는다. 그래서 더 두렵다. 제발 이번만은 비껴가 주기를. 황량한 마음속에선 이미 고통과 힘겹게 마주할 준비를 했다.

행복한 집은 대체로 비슷하지만, 불행한 집은 제각각의 이유로 불행하다고 했다. 행복하다고 믿었던 집이 조금씩 흔들리기 시작하자 여기저기서 균열의 조짐이 보였다. 모든 조짐은 아이러니하게도 일이 터지고 나서야 뒤늦게 발견된다. 일어날 일은 기어이 일어나는 것처럼. 막연한 불안은 마음에 생채기를 내고 자가 번식을 통해 더 많은 불안을 불러왔다. 남편과의 사이가 나빠졌고 아이들과는 멀어졌다. 어디서부터 손을 써야 할지 난감할 정도로 속수무책이었다.

자퇴 했어요

잊을 수 없는 현태의 말을 마음 깊은 곳에 묻어 둔 채 몇 달을 보냈다. 서서히 여민 옷깃 사이로 찬바람이 비집고 들어오기 시작했다. 텔레비전에선 푸른 배추밭을 배경으로 김장철을 알렸고 가로수의 노란 은행잎은 수런거리는 바람 따라 이리저리 흩날렸다. 가을에서 겨울로 넘어가는 을씨년스러운 늦가을 오후, 청천벽력과도 같이 날아든 말. 길고 긴 겨울의 예고였을까.

— 엄마, 저 자퇴했어요.

'할게요'가 아니라 '했어요'였다. 졸업반을 코앞에 둔 대학교 3학년이었다. 나는 아들의 자퇴 선언 앞에서 할 말을 잃었다. 눈앞이 깜깜했다. 하늘이 한꺼번에 와르르 무너져 내렸다. 상상할 수도 없던 일이 눈앞에서 천연덕스럽게 벌어졌다. 남편은 다음에 다시 얘기하자며 일단은 숨 고르기를 했다. 자식 잘 키웠다고 주변 사람들의 칭찬이 자자하던 아들이었는데 다 키워 놨더니 자퇴라니. 자퇴란 드라마 속, 혹은 텔레비전 속에만 나오는 말인 줄 알았는데 내게 보란 듯이 분탕질을 하며 머릿속을 헤집고 다녔다. 현태의 자퇴 이유는 분명했다. 남들이 갖고 싶어 하는 것을 다 가진 것 같아도 전혀 행복하지 않단다. '행복'이란 단어가 참으로 낯설게 들렸다.

남편과의 관계가 소원했던 나도 이번에는 남편과 한편이 될 수밖에 없었다. 기회는 아직 남아 있었으므로 아들 현태의 마음을 어떻게든 돌려 보기로 했다. 쉽진 않겠지만 가능하다고 믿었다. 남편이 선택한 최후통첩은 '맘대로 하려면 경제적으로 독립을 해!'였다. 경제 문제는 부모인 우리가 가진 최고의 무기였다. 그러나 그 말은 최후통첩이 아니라 돌이킬 수 없는 강을 건너게 한 결과가 되고 말았다. 아들 현태가 바로 다음 날 그 통첩을 기꺼이 받아들였기 때문이다. 할 수 있는 일이 아무것도 없었다. 그렇다고 최후통첩을 물릴 수도 없다. 현태는 자퇴 후에도 집에 오지 않고 아르바이트를 하며 학교 근처 원룸에서 생활했다.

위로라는 또 다른 상처

어두운 집 안 분위기에 질식할 것 같았다. 저녁이 되자 서쪽 하늘이 홍시 빛으로 붉게 물들었다. 나와 상관없이 아름다운 황혼에 소름이 돋았다. 나는 베란다로 나가 스킨다빈스를 담아 놓은 항아리를 집어 그대로 베란다 바닥에 내동댕이쳤다. 항아리 깨지는 소리가 순간 미동도 하지 않던 집안 공기를 흔들어 놓았으나 깨진 항아리 위로 나의 불행을 구경하듯 다시 정적이 모여들었다. 스킨다빈스만 반쯤 흙에 묻혀 천연덕스럽게 푸르렀다.

며칠이 지났다. 늘 그랬듯이 남편은 새벽에 일어나 골프 연습장으로 갔고 아이들은 일주일에 한 번 건조한 목소리로 살아 있음을 알려 왔다. 가족 모두가 문제의 핵심으로 들어가는 걸 의식적으로 피했다. 발 없는 말이 천 리를 간다. 온 동네에 소문이 퍼지고 주변 사람들이 하나둘 위로의 말을 건넸다.

— 걱정하지 마, 현태는 뭘 해도 잘 할 거야.

— 용감해. 그런 결정을 하다니….

나도 남의 집 자식 얘기였으면 그렇게 말 할 수 있었을 것이다. 하지만 내 아들 이야기다. 아들 현태를 두고는 그런 말들이 전혀 위로되지 않았다. 그러니까 너무도 안전한 곳에서 건네는 어설픈 위로는 상처 위에 또 다른 상처를 만들었다. 맞은 데 또 맞는다고 할까. 맞아서 아픈 게 아니라 아파하지 말라는 말이 더욱 아팠다. 위로하는 듯한 얼굴 위로 안도의 기색을 느낄 때는 눈을 내리감아야 했다.

나는 사람들을 피해 산으로 갔다. 산에 오르면 자잘한 위로를 피할 수 있어 좋았다. 어느 날은 백화점에서 고가의 물건을 사들였고 또 어느 날은 낯선 도시를 온종일 헤매고 다녔다. 그러나 옹이 진 마음은 좀처럼 풀리지 않았다. 물거품이 되어버린 지난 시간들과 나의 노력들이 흔적도 없이 사라지고 초라한 모습으로 남의 위로나 받고 있는 처지가 너무나 싫었다.

무자식 상팔자

잊을 만 하면 전도유망한 명문대 학생들의 자살 소식이 들려왔다. 그럴 때마다 언젠가 현태가 책상에 두고 간 『죽음이란 무엇인가』란 책이 가슴을 무겁게 짓눌렀다. '혹시라도'하는 어두운 그림자가 스치고 지나가면 무서운 생각에 진저리를 쳤다. 때맞춰 학력 포기 선언하는 학생들 기사까지 뉴스에 오르내렸다. 나는 그들의 부모가 생각나서 또 눈시울을 붉혔다. 그들의 부모가 겪었을 분노, 좌절 그리고 상처가 고스란히 전달되었다.

아들이 내 앞에서 사라지는 일은 더욱 끔찍한 일이기에 아들을 막다른 골목으로 몰지는 말아야했다. 말이 많던 나는 입을 다물었다. 그러나 어려서부터 아이들 교육 문제는 전적으로 내게 맡기고 참견하지 않던 남편이 아들의 자퇴 앞에서는 말이 많아졌다. 남편은 아들을 만나면 아들의 마음을 돌리려 애썼고 현태는 현태대로 자기 삶의 방식을 나름의 이유를 들어 고집했다. 뒤늦게 관여하는 남편이 야속했다. 번개 뒤의 천둥소리처럼 자기 전달이 실패로 끝나면 곧이어 큰 소리가 났다. 서로 맞잡은 고무줄이 팽팽했고 대화는 매번 각자의 입장을 전달하는 것으로 끝을 맺었다. 아들의 도전 앞에 부모 되는 교육을 제대로 받아 본 적이 없는 남편도 나만큼 어쩔 줄 몰라 전전긍긍했다.

'자식 맘대로 안 된다'는 말과 '무자식 상팔자'란 말이 하루에도 열두 번씩 머릿속을 오르내렸다. 살림은 뒷전으로 밀려 먼지를 뒤집어썼다. 눈앞의 뽀얀 먼지를 보고도 나는 걸레를 들지 않았다. 아끼던 베란다의 화초들도 목마름을 견디다 못해 노랗게 타들어 갔고 베란다의 연초록 타일 위로 때 이른 낙엽이 나뒹굴었다. 달리는 물건에 가속도가 붙듯 집 안의 사막화에도 가속도가 붙었다. 입안에서 모래가 씹혔다. 남편은 주말에도 출근했고 아이들은 집에 잘 오지 않았다.

어쩌다 들르는 현태의 몰골은 조금씩 무너져 갔다. 겨울에도 여름옷을 입고 있었고 이발을 못 한 떡 진 앞머리가 눈을 가렸다. 형형하던 눈빛은 초점을 잃고 허공에서 흔들렸다. 누가 봐도 젊은 노숙자의 모습이었다. 기가 막혔다. 해는 도대체 누굴 위해 뜨는 건지 현태의 무너져가는 모습을 보고 나면 다음 날 해가 뜨지 않았으면 좋겠다고 생각했다. 가족들은 서로의 눈을 피해 각자의 공간으로 숨어 버렸다. 마침내 집에는 사람 소리 대신 사물의 마찰음이 주인 행세를 했다.

온 가족이 오랜만에 거실에 모였다. 누구 한 사람 쉽게 입을 떼지 못했고 서먹한 분위기가 가족 주위를 맴돌았다. 공기마저 얼어붙었다. 아들 현태가 먼저 말문을 열었다.

— 저 군대 다녀오겠습니다.

놀라서 다들 현태의 얼굴을 바라보았다. 주방으로 가려다 조용히 아들 옆에 앉았다.

— 군대 가서 생각 좀 하고 오겠습니다. 지금의 선택이 최선인지는 모르겠지만 평생을 연구실에서 지내긴 싫습니다.

한동안 아무 말이 없었다. 현태는 고개를 숙여 바닥을 응시했다. 아무리 좋아도 본인이 싫으면 어쩔 수 없는 일이다. 남편이 앉은 자세를 고치고 반쯤 체념한 듯 어렵게 입을 열었다.

— 그래, 다녀와라. 다녀와서 다시 이야기하자.

내심 홀가분했다. '그래, 군대 다녀오면 생각이 바뀔 거야. 그때 학교로 다시 돌아가도 괜찮아.'라고 생각했다. 여전히 거미줄 같은 희망을 남겨 두었다. 성공하지 않아도 좋으니 대학 졸업장은 있어야 하지 않겠냐는 생각이 지배적이었다. '성공'이란 말이 공허한 메아리로 들렸다.

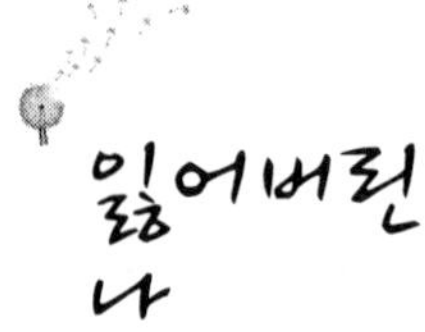

가지 않은 길

현태의 자퇴 선언으로 깁스하고 다니던 목이 부러졌다. 높이 날다가 한순간 바닥으로 추락하면서 생긴 상처는 높았던 만큼 충격도 컸다.

현태의 자퇴와 입대는 나에게 크고 작은 변화를 가져왔다. 철옹성 같았던 나의 요새가 무너지고 행복했던 공간이 불행한 공간으로 바뀌었다. 한 순간의 일이었다. 갑자기 산다는 것이 한 치 앞을 알 수 없을 정도로 위험한 살얼음판이라는 생각이 들었다. 막연한 희망도 믿지 않게 되었다. 혼자 있는 시간이 많아졌다. 문제의 근원을 찾아 올라갔다. '영재성 검사' 아무래도 '영재성 검사'란 말이 시발점 같았다.

'만약 결혼 후에도 직장 생활을 했더라면 나만의 생활이 있었을 테고 그러면 분재 가꾸듯 아이들을 다루지 않았을지도 몰라.

생활은 좀 더 윤택했을 것이고….'

프로스트의 <가지 않은 길>이란 시를 떠올리며 두고 온 길들을 서성거렸다. 결혼이 문제였는지 아이를 통해 가난했던 나의 유년을 보상받으려 했던 것이 문제였는지. 무엇이 문제였는지 몰라도 언제부턴가 나의 삶 속에서 내가 빠져버린 건 확실했다.

아내, 며느리 그리고 현태 엄마가 나를 대신했고 가족이라는 울타리 밖의 나는 존재하지 않았다. 온종일 노동에 시달렸지만 나 자신만을 위한 노동은 찾아볼 수 없었고 그것은 모두 내 선택의 결과였다. 내 선택이었으므로 이유 또한 나에게 물어야 했다.

'나는 누구이며, 도대체 왜 사는 것일까?'

나를 찾아 기억을 더듬었다.

유년의 뜰

나는 화목하지 않은 우리 집이 싫었다. 어린 나는 알코올에 의존하는 아버지와 생활고에 시달리는 엄마 사이에 일상이 되어버린 싸움을 지켜보기가 너무 힘들었고 청년이 된 오빠와 아버지와의 다툼은 나를 불안하게 했다. 하지만 난 막내라는 이유로 늘 가족들의 보살핌과 배려의 대상이었다. 술에 취한 아버지는 나를 붙잡고 이미 외워버린 옛날이야기를 반복해서 들려주었고 집안의 안 좋은 일은 내가 가장 늦게 알거나 알지 못한 채 넘어갔다.

언니와 오빠들과는 나이 차이가 커 함께 놀지 못했기에 나는 어려서부터 빈집에 혼자 있는 시간이 많았다. 내성적이고 수줍음이 많았으며 유난히 겁이 많았다. 주변 사람들은 내가 눈이 커서 겁도 많고 눈물도 많다고 했다. 겁이 많다는 것과 눈물이 많은 것은 불편을 너머 이중으로 나를 힘들게 했다. 어려서부터 제사 지내고 갱물을 마시면 무섬증이 사라진다고 했지만 아무리 마셔도 소용없었다.

방과 후에는 서늘한 마룻바닥에 누워 좁은 틈으로 삐져 들어오던 햇빛을 보며 긴긴 오후의 지루함을 달랬다. 조금 커서는 종일 책 속에 빠져 지냈다. 책을 펴는 순간 책 속으로 빨려 들어갔다. 어쩌면 아무도 찾을 수 없는 책 속으로 숨고 싶었는지도 모른다. 책 속에는 걱정도 불안도 그리고 외로움도 복잡한 현실도 잊게 해주는 마술 같은 힘이 있었다.

중학교에 진학하면서 겁은 여전히 많았지만, 성격은 외향적으로 변했다. 성격이 외향적으로 변한 건 당시 유행하던 만화의 영향이었다.

중학교에 올라오자 우선 무엇보다도 일기 검사가 없어져서 좋았다. 일기로부터의 해방은 마음에도 없는 '잘못했다' '다시는 그러지 않겠다.'라는 문장들과의 이별을 의미했다. 초경과 함께 사춘기를 맞았고, 말 못 할 비밀들이 하나둘 생겨났다. 안네를 흉내 내어 나만의 내밀한 속내를 일기장에 쏟아 내기 시작했다. 보여줄 필요가 없으므로 꾸밀 필요가 없는 일기는 책과 함께 더없이 좋은 친구였고 즐거운 놀이였으며 고독한 명상이고 독백이었다.

희미해진 꿈 이야기

어느 날, 특별 활동 시간에 국어 선생님이었던 담임선생님께서 한 사람씩 자신의 꿈에 대해 말해보라고 하셨다. 선생님, 의사, 간호사… 그중에서도 선생님이 제일 많았다. 내 차례가 되었다.

— 제 꿈은 '현모양처'입니다.

현모양처의 정확한 뜻도 모르면서 그럴듯해 보인다는 이유로 내 꿈은 공식적으로는 현모양처가 되었다. 지금 아이들의 꿈이 연예인인 것처럼 그때는 현모양처가 되겠다는 것이 하나도 이상하지 않았다. 그러나 늦은 밤, 비밀 일기장에는 다른 꿈을 적었다.

— 나는 날마다 읽고 쓰는 작가가 될 거야.

그때 당시만 해도 작가란 언감생심 꿈도 꾸기 어려운 특별한 직업군에 속했다.

고등학교에 진학하여 이과를 선택하면서 작가가 되겠다는 꿈은 점점 마음에서 멀어졌다. 당시에는 수학이 싫은 여학생은 대체로 문과를 선호했고 수학이 싫지 않은 학생들만 이과를 갔다. 적성과 관심을 무시한 채 바보같이 나는 수학이 싫지 않았으므로 친구 따라 이과를 선택했다. 사실 적성이란 말이 무색할 정도로 성적에 맞춰 과를 선택하고 학교를 갔던 시절이었다. 대학에 들어가서도 자연계열 공부는 재미가 없었으므로 딱딱한 전공 책보다는 소설책을 많이 읽었다. 도서관에서 만난 사람들은 나를 국문과 학생으로 오해하기도 했다.

대학을 졸업하고 사회생활 경험도 거의 없이 결혼을 했다. 그야말로 책가방만 들고 다니다 엄마가 되었다. 현태 엄마가 되면서 나에 대한 기억은 흐지부지되었다. 많은 부분을 남편에게 의지했다. 나의 자의식은 점점 작아지고 현태엄마라는 모성이 중심에 강하게 자리 잡았다. 아이들이 모두 내 곁을 떠나고 나의 부재를 깨달았을 때는 내게서 젊음도 열정도 많이 빠져나간 상태였다. 몸도 여기저기서 저물고 있다는 이상 신호를 보내왔다.

반쪽짜리 어른

돌이켜보면 세상은 내게 마냥 두려움의 대상이었다. 부끄럽게도 나는 혼자 할 수 있는 일이 거의 없었다. 물론 지금은 아니다. 남편의 월급통장을 관리해 본 적도 없고, 재테크가 뭔지도 모르며, 밤 10시만 넘으면 밤길조차 무서워 혼자는 돌아다니지도 못하는, 반쪽짜리 어른이었다. 심지어 제 살 집을 적극적으로 알아보는 보통의 주부들과 달리 나는 집을 구하는 것조차 전적으로 남편에게 맡기고 계약하는 날 처음으로 집을 보러가곤 했다. 집은 내 관심 영역이 아니었다. 관심영역이 아니란 말은 곧 아무래도 상관없음을 의미했다.

현태의 문제가 수면으로 올라오고 나는 산에 오르기 시작했다. 어느 날은 산을 오르는 대신 도심 속을 오래 걷기도 했다. 도시는 올라야 하는 또 다른 산이었다. 잠시 옆에 있다가 멀어지는 사람들 속에서 오히려 편안했다. 그들은 나에게 관심을 보이지 않았고 나 역시 곧 스쳐 지나갈 사람에게 마음을 쓰지 않았다. 본연의 모습으로 살고 싶었다.

책 속의 세상과는 다른 세상이 집 밖에서 주말마다 나를 유혹했다. 여행은 생각보다 매혹적이며 달콤했다. 활동 범위를 점점 넓혀 갔다. 주말이면 먼 곳에 있는 산을 오르거나 타 도시의 낯선 골목을 헤매고 다녔다. 점점 떠돌이 유목민의 삶에 익숙해졌다. 여행을 가면 많은 것이 필요하지 않았고 많이 갖지 않아도 불편하지 않았다. 오히려 자유로웠다.

여전히 현태 문제는 나의 마음을 떠나지 않았지만 그 역시 아들의 문제만이 아니라 나 자신의 문제임을 서서히 받아들였다. 설득하든지 받아들이든지. 언제나 그랬듯이 선택 또한 나의 몫이었다.

그러니까 여행 ___.

이별 여행

의무로부터의 탈주

꽃샘추위도 가시고 봄꽃이 다투어 피기 시작했다. 나에게 불어 닥친 불행의 기운과 상관없이 집과 동네, 그리고 골목에서 만나는 사람들까지 모두가 그대로인 것이 미치도록 싫었다. 세상이 짜고 일제히 내게서 등을 돌려버린 것만 같았다.

— 더 잘 되려고 그럴 거야.

— 그렇게 자식에게 온갖 정성 기울였는데 이제 현태 엄마 어떻게 산대?

가만히 있어도 환청처럼 사람들이 수군대는 소리, 비아냥거리는 소리가 들렸다. 맘대로 울 수도 웃을 수도 없는 상황이 이어지자 아예 바깥출입을 하지 않았다.

두 아이가 떠나자 텅 빈 시간과 함께 위기는 우울증이라는 또 다른 위기를 몰고 왔다. 사는 게 아니라 시간에 떠밀리는 느낌이었다. 탈출구가 필요했다. 나는 용기를 내어 베란다에서 뛰어내리듯 세상으로 뛰어들었다.

맏며느리, 엄마, 아내라는 모든 관계와 의무로부터 탈주를 시도했다. 반항하듯 내가 할 수 없다고 생각했던 일들을 과감하게 하나씩 하기 시작했다. 네일 아트 숍을 가고 속눈썹을 붙이고 백화점을 드나들었다. 혼자 영화를 보고 나와 매운 짬뽕 국물을 마시다가 그만 울고 말았다. 엄두도 못 내던 고속도로 운전도 하기 시작했다. 세상에 무서울 게 없었다. 그래도 뚫린 마음은 채워지지 않았다.

'일단 여기를 벗어나 보자'

살던 도시를 떠나기로 했다. 아주 오래전부터 알고 지내던 지인이 서울 모 대학에서 여행 작가 과정을 개설했다는 소식을 알려 주었다. 하지만 나는 맹모답게 아이들 뒷바라지를 핑계로 한 귀로 듣고 한 귀로 흘려버렸다. 그랬는데 고맙게도 그 것이 나의 도피처가 되어 주었다. 직장인들을 고려해 수업은 늦은 시간에 시작했고 무조건 이 곳을 떠나고 싶었던 나는 새벽부터 서울로 올라갔다. 나 홀로 서울 투어가 시작되었다. 결국, 하회탈처럼 웃는 얼굴 뒤로 일그러진 민낯을 감추고 지인이 다녔다는 대학 부설 '여행 작가' 과정을 신청했다.

— 나 공부하러 서울 갈 거야.

그나마 가깝게 지내던 친구들과 멀어지는 데는 이유가 필요했고 이 말은 이젠 자주 만나지 못할 거라는 일종의 암시였다.

— 남편이 벌어다 주는 돈으로 살림하고 가까운 사람들과 차 마시며 수다 떨고, 그렇게 사는 것이 행복한 거야. 뭐 하려 생고생을 해 그 나이에….

속마음을 모르는 친구들은 적지 않은 나이를 앞세우고 극구 나를 말렸다. 하지만 나는 공부를 핑계로 무작정 서울행 무궁화호 열차를 탔다.

서울역에 내리자 방향 감각을 잃었다. 사막 한가운데 뚝 떨어진 느낌이었고 곧바로 많은 사람 속에 묻혀 버렸다. 에스컬레이터는 사람을 짐처럼 빽빽하게 태우고 미끄러지듯 올라갔고 에스컬레이터에서 내리자마자 사람들은 또 어디론가 빠르게 사라졌다. 서울역 로비 한가운데서 나는 부려진 짐처럼 꼼짝하지 못했다. 주변이 빙글빙글 돈다. 서울에 오긴 했는데 어디로 가야 할지 막막했다. 이때 떠오른 곳이 뉴스에서 늘 보았던 남산이었다. 지나가는 젊은 아가씨를 붙잡고 길을 물었다.

— 남산 가려면 어떻게 가야 하나요?

서울 사람들은 눈감고도 찾아 갈 남산을 나는 눈 뜨고도 묻고, 묻고 또 물어야 했다.

엄마는 걱정이 많아요

목요일 오전인데도 남산엔 제법 사람들이 많았다. 천천히 등산로를 따라 걸었다. 계절의 여왕답게 오월의 숲은 눈이 부셨다. 산벚꽃은 지고 있었고 고즈넉한 성벽 길을 따라 분홍색 금낭화가 화사하게 피어 있었다. 바람에 실려 온 꽃잎이 콧등에 앉았다가 힘없이 미끄러졌다.

엘리엇의 싯구 '사월은 가장 잔인한 달'은 내게 와서 오월로 바뀌었다. 죽은 것만 같던 나무에서 화사한 봄꽃이 피고, 죽고 싶을 만큼 암담한 내게 찬란했던 봄의 기억과 욕망을 길어 올리게 하다니. 그렇게 오월은 내게 찬란하여 잔인했다. 산 중턱에 이르자 잿빛 빌딩 숲이 눈앞에 펼쳐졌다. 뿌연 미세 먼지 위로 지난 시간들이 이리저리 부유했다.

아들의 자퇴 이유는 분명했다.

— 사회적 성공이 절대로 행복을 보장해 주지 않는다구요. 좋아하지도 않는 공부를 단지 성공하기 위해서 하고 싶지 않아요. 전 제 삶의 주인으로 살고 싶어요.

— 그러니까 넌 아직 어리다구. 세상이 얼마나 험한지 네가

아직 몰라서 그래.

아들은 '넌 아직 어려' 이 말을 끔찍하게 싫어했다.

— 엄마는 책을 좋아하잖아요. 엄마만은 절 이해해 주실 줄 알았어요.

무방비상태로 있다가 날카로운 것에 그만 폐부를 찔리고 말았다. 모른 척 했다. 아들의 마음만 돌릴 수 있다면 이중인격자여도 좀 몰상식해도 상관없었다.

— 일단 졸업부터 하자. 대학은 나와야지. 심리 공부는 혼자 하는 거야. 요즘 책이 얼마나 다양하고 좋은데….

— 대학 졸업장이 그렇게 중요해요? 전 대학 졸업장 필요 없어요. 엄마, 책은 가슴으로 읽는 거예요. 책을 아무리 많이 읽으면 뭐해요. 엄마는 변화가 없잖아요.

잠시 무거운 침묵이 흘렀다. 나의 자존심도 무참히 짓밟혔다.

— 엄마는 너무 걱정이 많아요.

— 넌 아직 세상 물정을 몰라!

딱 잘라 말했다. 이 말은 현태가 '넌 아직 어려'에 이어 두 번째로 싫어하는 말이다.

— 저도 알 만큼 알아요.

현태도 질세라 맞받아치고는 문을 요란하게 닫고 나가 버렸다. 희망이 있던 자리는 슬픔과 분노가 차지해 버리고 평화는 순식간에 깨져 버렸다. 깨진 유리 파편들이 온몸을 돌아다니며 종일 쑤셔댔다.

제가 원한 건 아니었어요

나는 현태가 읽고 있던 두꺼운 책을 현태가 나간 문을 향해 냅다 집어 던졌다. 책은 광속으로 날아가 문짝을 때리고 페이지가 반쯤 접혀서 바닥으로 떨어졌다. 철학책인가 뭔가 하여튼 책이 문제였다. 그 책 때문에 아들의 생각이 달라졌다고 생각했다. 좋아하던 책이 이제는 꼴도 보기 싫어졌다. '내가 널 어떻게 키웠는데' 소리가 목구멍을 타고 올라오는 것을 가까스로 밀어 넣었다. 그 말 뒤에 따라 붙을 '제가 원한 건 아니었어요.'란 말을 듣고 싶지 않았다.

만나면 아들은 나를 설득하려 들었고 나는 부모의 권위를 앞세워 아들을 설득하려 들었다. 시간이 갈수록 해결의 실마리는 보이지 않고 갈등의 골은 점점 깊어만 갔다.

견디기 힘든 건 남편도 마찬가지였다. 남편의 흰머리가 부쩍 늘었고 이마의 주름도 점점 깊어졌으며 얼굴엔 수심이 가득했다.

어쩌다 시선이 남편의 흰머리에 닿으면 얼른 고개를 돌려 버렸다. 남편의 흰머리는 많은 생각을 하게 했다. 깊은 연민도 생겼고, 온 젊음을 바쳐 일궈 놓은 것들이 하루아침에 잿더미가 되었다는 허탈감에 넋이 나가기도 했다. 무엇보다도 싫었던 건 남편의 흰머리에서 되돌릴 수 없는 '지난 시간'을 마주하는 일이었다.

— 나가요. 바람이나 쐬고 와요.

집에서는 도무지 시간이 흐르지 않았으므로 올라오는 화를 가라앉히려면 우선 집 밖으로 나가야 했다. 걸으면서도 서로 말을 하지 않았다. 말을 하지 않아도 서로의 표정이 이미 너무 많은 말을 하고 있었다. 나와 유일하게 이야기를 할 수 있는 상대는 남편이었지만 남편은 아들과 긴 시간을 보내지 않았으므로 아들을 잘 알지 못했고 아들을 잘 아는 난 돌이킬 수 없는 일이란 걸 이미 알고 있었다. 더군다나 남편의 축 처진 어깨를 보면 나오던 말도 도로 삼킬 수밖에 없다. 날마다 제멋대로 자라나는 생각이 문제였다. 생각의 허리를 싹둑 잘라 버리기 위해 남편과의 산책은 점점 길어지고 멀어졌다. 두 시간도 좋고 네 시간도 좋고 어느 날은 온종일을 걷다가 지쳐 집에 돌아오곤 했다.

만신창이가 된 마음을 그나마 잡아 준 건 딸, 소라였다. 해맑게 웃고 있는 딸을 보며 가까스로 중심을 잡을 수 있었다. 딸은 주말마다 내려와 무겁게 내려앉은 집안 분위기를 바꾸고 숨 쉴 공간을 만들어 놓고 갔다.

— 엄마, 오빠를 이해해 주세요. 전 이해 할 수 있어요.

'이해란 것이 손바닥 뒤집듯 쉬운 것이라면 백번도 더 뒤집었을 거야.'

나는 딸의 말에 아무 말도 하지 못했다. 다만 어린 소라가 어두운 집안 분위기에 불안해할까 봐 그것이 신경 쓰였다.

알록달록한 등산복을 입고 산을 오르는 아줌마들의 시끄러운 소리에 퍼뜩 정신이 들었다. 그들의 입에는 봄꽃만큼이나 화사한 함박웃음이 달려 있었다. 웃음소리가 주변의 신록을 마구 흔들어 댔다. 웃음소리에 놀란 작은 새 두 마리가 연둣빛 잎을 흔들어 놓고 날아갔다. 나는 새들이 날아간 허공을 바라보았다. 갖고 다닐 짐이 없어서 자유롭게 옮겨 다니는 새들이 부러웠다.

가난했던 아버지의 등

남산을 내려와 이화 마을로 갔다. 이화 마을의 상징처럼 되어버린 하늘 계단에는 꽃 그림이 그려져 있었다. 엘리베이터가 익숙한 내게 하늘 높이 이어진 계단은 고단함과 피로의 상징이다. 중간 계단에 앉아 오랫동안 계단 아래를 내려다보았다. 노파가 지팡이도 없이 허리를 꺾고 힘겹게 계단을 올라오는 모습이 보였다. 등에는 하늘을 지고 있고 다 풀린 하얀 파마머리 사이로 맨살이 훤히 드러났다. 무릎을 짚은 손등엔 굵은 심줄이 나무뿌리처럼 도드라져 있어 보는 나를 숙연하게 했다. 노파를 보자 가난했던 아버지의 등에서 떨어지지 않던 진한 파스 냄새와 함께 삶의 서러움이 훅 밀려왔다. 갑자기 뺨 맞은 것처럼 눈물이 났다. 얼른 손수건을 꺼내 눈물을 훔쳤다.

무심코 눈에 걸린 하늘을 오랫동안 바라보았다. 해가 뉘엿뉘엿 지고 저녁 어스름이 낮게 깔리기 시작했다. 언제나 거기 있는 하늘이지만 내 마음이 가 닿은 적이 언제였는지 아득하기만 했다. 하늘을 보며 눈앞에 닥친 운명 앞에서 울지 않기로 했다. 울면 더 슬퍼지니까.

'다시 올 희망 같은 건 꿈꾸지 않을 거야. 대신 운명이라는 긴 터널 속으로 뚜벅뚜벅 걸어가야지.'

사진을 만나라

걷는 게 기도야

날마다 집 밖으로 나와 한 두 시간씩 걸었다. 무작정 서울로 올라와 여행하고도 여전히 마음을 잡지 못하는 내게 보다 못한 친구가 조심스럽게 말했다.

— 성당에 나와.

나는 짧게 대답했다.

— 내겐 걷는 게 기도야.

대모인 그녀는 더는 내게 성당에 나오라는 말을 하지 않았고, 혹시라도 말문을 열게 된다면 마음 밑바닥까지 다 보이게 될까 봐 나는 또 꾹꾹 눌러 참았다. 의심이 많은 나는 근원적으로 신을 믿지 못한다. 하지만 초월적인 어떤 상태까지 부정하지는 않는다. 최첨단 과학으로도 설명이 불가능한, 비의적 순간을 경험하듯 기적 같은 일시적 현상이 삶에 잠시 나타나 주길 바라는 마음이 곧 기도가 아닐까. 간절함이 영혼 깊숙한 곳에 닿아 자신도 모르게 자신의 한계를 넘어서게 되는 순간이 곧 기도의 응답이라 여겼다. 그러니 내게 성당은 곧 길이었다.

오래오래 걷다 보면 마음은 몸이 하는 소리를 잘 들었다. 몸이 지쳐 갈수록 잘라 버리고 싶던 부정적인 생각은 시나브로 자취를 감추고 밝고 긍정적인 생각들이 차올랐다. 한강 변을 걷다 보면 흐르는 강물 위로 이런저런 생각들이 자맥질했다. 아들을 변화시키는 일은 거의 불가능에 가까운 일이었으므로 내가 변해야만 했다. 변화는 질적으로 다른 나를 의미한다. 가방에는 친구가 선물한 『월경 독서』라는 책이 들어 있었다. 책을 만지작거리다 越境월경이란 단어에 손이 닿았다. 월경의 사전적 의미는 국경이나 경계를 넘는다는 의미지만 나는 월경이란 단어에서 전복을 꿈꾸었다.

'세상이든 나든 그 어느 쪽이든 뒤집혔으면 좋겠어.'

불온한 생각이 독버섯처럼 돋아나면 다시 일어나 걸어야 했다. 생각을 잠재우기 위해 몸을 일으켰다. 내 목덜미를 쓰다듬고 지나간 시원한 강바람은 개구쟁이처럼 강가의 풀잎을 흔들어 놓고 달아났다.

익숙한 세상을 파괴하지 않으면 새로운 세상은 열리지 않을 테지만 생각과 습관은 너무나 견고해서 쉽게 무너지지 않았다. "무엇 때문에 누군가를 사랑한다면 그건 사랑이 아닌 거예요" 라던 현태의 말이 종종 귓전에 윙윙거렸다. 긍정도 부정도 못하던 어정쩡한 마음속으로 찬바람이 한차례 몰아쳤다.

사람에 대한 여행

'버릴 수 있었더라면 벌써 버렸을 거야.'

자식이 짐처럼 여겨졌다. 다 내려놓고 새처럼 훨훨 날고 싶었다. 그런 날이면 집안을 뒤집었다. 우선 책꽂이에서 현태의 전공 서적들을 골라냈다. 차라리 안 보는 게 좋을 것 같았다. 대부분 무겁고 두터운 책들이었다. 한숨이 나왔다. 책은 이제 마음의 양식이 아니라 집안을 우중충하게 만드는 주범이었다. 두 번째로 뽑혀 나온 책들은 색깔 있는 사회 과학책이었다. 문학 서적이 아닌 책들을 하나하나 바닥으로 떨어뜨렸다. 죄 없는 책들이 억울하다고 비명을 질렀다. 주로 내동댕이쳐지며 비명을 지른 책들은 철학책이나 마음공부와 관련 된 책이었다. 책꽂이가 비자 마음 한 곳이 텅 빈 것처럼 허전했다. 눈물이 나오려는 것을 가까스로 참으며 폐지 수거함에 던져 버렸다.

온종일 서울 시내를 걸어 다니다 저녁이면 지쳐 강의실에 들어갔다. 강의실엔 20대 후반부터 60대까지 다양한 연령대의 사람들이 여행과 사진을 중심으로 모여 들었다. 생각이 비슷비슷한 사람들만 보다가 나와 생각이 다른 사람들을 만나자 무엇보다도 신선했다. 이들은 사회적 성공이나 명예보다는 여행과 사진에 더 관심을 보였다. 마치 떠나기 위해 일을 하는 사람들처럼 이들은 돈과 시간적 여유만 생기면 카메라를 메고 지도 속 어딘가로 떠나 버렸다. 이들에게는 짙은 바람의 냄새가 났다. 강의 후 뒤풀이 장소에서는 좀 더 내밀한 이야기가 오고 갔다.

— 제 꿈은 세계 일주예요. 더 늦기 전에 실행하려고 계획 중입니다.

사십 대 초반의 그가 말했다.

— 갔다 오고 난 후가 불안하지 않으세요?

나의 질문에 그가 웃으며 대답했다.

— 아니요. 갔다 오면 다른 길이 있겠지요.

이렇게 말하던 그는 거짓말처럼 초등학교 고학년인 아들과 함께, 잘 다니던 직장도 그만두고 일 년 동안 세계 여행을 떠났다. 상상도 할 수 없던 일들이 이곳 사람들에겐 흔하게 일어났다. 슬슬 곁눈질로 그들의 내면을 탐사하기 시작했다. 그렇게 사람에 대한 여행이 시작되었다.

덜컥 카메라를 지르다

모든 것은 우연으로 시작해 필연으로 이어지는 모양이다. 떠나기 위해 서울로 올라왔고 올라와서는 머물기 위해 여행 작가 과정을 들었는데 이는 미지의 세계였던 사진의 세계에 발을 들여놓는 계기가 되었다

— 어머, 카메라도 사야 해요?

내 질문에 사람들은 어이없다는 듯 나를 바라보며 말했다.

— 여행하면 당연히 사진이죠.

꽃과 나비처럼, 바다와 파도처럼, 섬과 등대처럼, 자동차와 신호등처럼 여행과 사진은 떼려야 뗄 수 없는 불가분의 관계라는 당연한 사실을 나는 전혀 생각하지 못했다.

— 전 사진에 대해서 아무것도 몰라요.

난감해 하는 내게 강의하던 사진가가 말했다.

— 사진에는 정답이 없어요. 좋아하는 사진을 그냥 찍으면 됩니다.

사진에는 정답이 없다는 말만 믿고 덜컥 카메라를 사버렸다. 가격을 묻고 잠시 흔들렸지만 이전과는 다르게 살기 위해 바로

카드를 긁어 버렸다. 비싼 과외비는 척척 내면서도 나를 위한 커피 값조차 아까워하던 나로부터, 질기고 질긴 습관으로부터, 궁색으로부터 나는 되도록 멀리 도망가고 싶었다.

나만을 위한 고가의 카메라가 내 손에 들려졌다. 장난감을 처음 본 아이처럼 가슴이 두근거렸다.

'세상의 모든 어머니가 어머니로 태어나는 건 아니야.'

어머니는 '희생적'이어야 한다는 작은 금 하나를 밟고 일어섰다.

사진으로 첫 감동을 준 사진가는 신미식 사진작가다. 낡은 호미를 쥐고 땅을 파시던 노모의 주름진 손 사진을 보다 그만 울고 말았다. 깊게 팬 주름에, 투박한 손과 발 그리고 세월이 할퀸 상처가 주름진 얼굴 속에 고스란히 담겨 있었다. 돌아가신 부모님 생각에 눈물이 난 것인지 굴곡진 삶의 지난한 이력이 떠올라서 울컥했는지 아니면 스스로에 대한 연민이었는지는 불분명하다. 그날 나는 사진을 보면서 많이 울었고 '삶의 도구'라는 손과 발 사진들을 그 후로 오래도록 잊지 못했다.

사진에 조금 더 적극적으로 다가가기로 했다. 같은 배경을 찍어도 '무엇을 찍을까?' '어떻게 찍을까?'를 결정하는 순간 전혀 다른 사진이 찍혔다. 배우려는 내게 선배 사진가들은 친절하게 빛의 밝기나 셔터 속도 등을 자세히 알려주었지만 미안하게도 내게는 아무리 들어도 아프리카 오지의 언어처럼 들렸다. 언어를 몰라도 여행이 가능하듯 카메라를 모르고도 즐겁게 사진을 찍었다. 피사체를 향해 셔터를 누르다 보면 어쩌다 좋은 사진이 걸리기도 했다. 사진을 찍는다는 것은 일상에서 혹은 여행에서 무엇인가를 발견하는 일이며, 발견하기 위해서는 피사체를 보는 새로운 시각, 관점이 필요하다. 새로운 시각은 애써 생각하지 않아도 어느 순간 섬광처럼 떠오르곤 했다.

생의 첫 사진전, 바람

서울 시청 앞 시의회 본관 1층에서 '바람'이라는 주제로 생의 첫 사진전이 열렸다. 동호회 회원이면 누구나 참여할 수 있는 단체 사진전이다. 이야기가 시간을 담는 그릇이라면 사진 역시 시간을 담는 그릇이다. 더불어 내게는 괴로움을 잠시 잊게 해주는 진통제이기도 했다. 사진전에 낼 사진을 고르기 위해 한 장 한 장 사진을 넘기면서 사진 속에 담긴 이야기에 빠져 들었다. 그 날의 바람과 빛과 순결한 감동 그리고 여행 중에 누군가 나눠주던 생수 한 병, 안부를 물어주던 짧은 문자 한 통, 해 질 녘 낯선 도시의 풍경들이 주던 위안도 사진 속에 고스란히 담겨 있었다. 황량한 들판 사진 속에서 쓸쓸했던 나를 발견하기도 하고 타오르는 불꽃 사진 속에서 아이처럼 웃고 있는 나의 동심을 발견하기도 했다.

토요일 오후 회색 코트에 목도리를 두르고 전시장에 나타난 소라가 배시시 미소 지으며 작은 초코 케이크와 카드를 내밀었다

— 엄마, 꽃은 못 샀어.

웃고 있는 소라의 얼굴이 석양빛을 받아 꽃보다 붉다. 빨간 장미꽃이 그려진 작은 카드를 열자 동글동글한 글씨체의 '늘 당신을 응원합니다'란 메모가 웃고 있다. 카드를 읽는데 콧등이 시큰했다. 날 바라보며 웃음 짓고 있는 딸아이의 코가 덩달아 빨개졌다. 짧은 순간 행복했다.

고층건물 너머로 12월의 노을이 붉게 걸렸다. 가방을 열고 주섬주섬 카메라를 꺼내 재빨리 뷰파인더에 눈을 가져다 댔다. 내가 만든 프레임에 내가 만지고 싶은 세상이 갇혔다. 아마 노을을 보는 내 눈동자도 붉게 물들었을 것이다. 날카로운 겨울바람이 스치고 지나간 손도 붉게 물들었다.

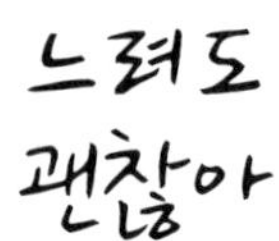

나 홀로 첫 번째 여행

안정과 불안은 밀물과 썰물처럼 교대로 찾아왔다. 마음을 다독이며 잘 지내다가도 어느 날 문득 화가 올라오면 어디로든 훌쩍 떠나야 했다. 여기에는 발길 닿는 곳마다, 눈길 주는 곳마다 아픈 기억들이 산재해 있어 수시로 마음을 휘저어 놓았다.

매일 어디든 떠날 궁리만 하던 내게 라오스 여행의 기회가 왔다.

— 라오스 사진 봉사 활동 가실 수 있는 분 손들어 보세요.

— 저요.

손을 번쩍 듦과 동시에 말이 재빨리 튀어나왔다. 떠나고 싶은 욕구가 간절했으므로. 그곳이 바다코끼리가 사는 북극이어도, 온통 얼음뿐인 남극이어도, 아프리카 오지여도, 소매치기가 들끓는다는 남미 땅 끄트머리 어디여도, 돌아올 수 없는 어디라도 상관없었다. 심리적으로 거리가 멀면 멀수록 좋았다.

라오스는 그러니까 가족을 두고 혼자 떠나는 첫 번째 여행지였다. 아니 정확히 말하면 도피처였다. 남편이 걱정했다.

— 영어도 못 하면서 혼자 외국 가서 어쩌려고?

— 그 곳도 사람 사는 곳이야.

불안해하는 남편을 말로 안심시켰지만 속으로는 '죽기 밖에 더하겠어?'라는 다부진 생각을 했다. 실제로 이 말은 용기가 필요할 때마다 큰 힘이 되어 주었다. 복잡한 내 마음을 아는 남편도 더는 말리지 않았다. 일행은 전혀 모르는 사람들은 아니었으나 그렇다고 잘 아는 사람들도 아니어서 혼자나 다름없었고, 혼자라는 사실이 내심 편하기도 했다.

비행기 날다

비행기를 탔다. 옆 좌석에는 공항에서 봤던 젊은 여자가 담요를 덮고 눈을 감고 있었다. 불필요한 인연을 만들고 싶지 않았기에 나 역시 조용히 자리에 앉아 눈을 감았다. 잠시 후, 무릎 위로 담요의 따듯한 감촉이 전해졌지만 모르는 척 고개를 돌려 버렸다.

활주로를 달리는 바퀴 소리가 들리고 곧이어 비행기가 이륙했다. 이륙하는 순간 모든 관계의 끈을 놓아버렸다. 몸에 꽉 낀 코르셋을 벗어 던진 것처럼 홀가분했다. 이대로 지구를 벗어나면 우주로 향하다가 한 점 먼지로 소멸해 버려도 좋을 것 같았다. 고도가 높아지자 귀가 먹먹해졌다. 살며시 눈을 떴다. 빛을 받아 은빛으로 빛나는 비행기 날개 너머로 하얀 뭉게구름이 뭉게뭉게 떠 있었다.

'열심히만 하면 뭐든 할 수 있어'라는 말을 부적처럼 믿고 살았는데 현태의 자퇴 이후부터는 믿지 않게 되었다. 구름 위를 날고 있는 비행기 안에서 나는 어쩌면 보이지 않는 힘에 의해 조종되고 있을 지도 모른다는 의구심이 들었다. 운명론을 한낱 미신으로 치부해 버렸던 내가 중심부터 흔들리고 있다는 증거였다. '흔들어 떨어뜨릴 거라면 높이 띄우지나 말지' 운명의 장난질에 화가 났다가 스스로 자위했다가 시소를 탔다.

몇 시간의 비행으로 지도 속의 라오스는 바로 비행기 창밖으로 푸르게 펼쳐졌다. 빌딩도 공장 굴뚝도 교회의 십자가도 긴 자동차의 행렬도 그리고 나를 알아보는 사람들도 없다. 드넓은 초록 들판 사이로 커다란 구렁이가 지나가듯 황톳빛 누런 강이 구불구불 흐르고 푸른 숲 사이로 붉은 지붕들이 루비처럼 깊게 박혀 있었다. 공기부터가 다르게 느껴졌다.

착륙을 알리는 안내 방송이 나오자 옆의 여자가 담요를 정리하며 나를 보고 미소 지었다. 나는 그때서야 뒤늦게 여자에게 고맙다는 인사를 했다.

— 담요 고마웠어요.

— 뭘요. 만나서 반가워요.

여자가 부드럽게 웃으면서 말했다.

— 네 반갑습니다. 잘 부탁합니다.

그녀는 천안에서 왔으며 이름은 옥이라고 했다. 나보다 한 살 많았다. 그것이 인연이 되어 그녀와 나는 여행 내내 짝이 되었다.

라오스의 시간

왓따이 공항에 도착했다. 추적추적 비가 내렸다. 우기라고 했다. 이동하는 차 속에서 비에 젖는 라오스를 멍하니 바라보았다. 유리창에 흘러내리는 빗물 따라 생각 하나가 쪼르르 흘러내렸다. 무심코 뱉은 '비가 오니 좋다'란 내 말에 누군가 왜 좋으냐고 물었다. 나는 '대신 울어주니까요'라고 반사적으로 대답했다. 젊었을 때는 햇빛 쨍쨍 드는 날을 좋아하다가 비 오는 날이 좋아진 건 아마도 마흔 이후일 것이다. 마흔은 누구라도 슬픔을 알 나이다. 비는 마치 누군가의 눈물 같다. 가로등 밑으로 추적추적 청승맞게 내리는 비를 바라보고 있으면 서늘한 아름다움이 뼈 속 깊이 스며들곤 한다.

판초를 입은 사람들 사이로 비를 맞으며 느리게 걷는 사람들이 보였다. 비를 맞으면서도 뛰지 않는 사람들을 보며 내가 멀리 라오스에 날아왔음을 실감했다. 큰 도로를 벗어나 얼마나 지났을까. 한적한 거리 한복판에 물소 떼가 나타나자 우리를 태운 버스가 길가에 멈췄다. 멈춰선 버스 안에선 사람들이 물소들을 보겠다고 한 여름 징그럽게 울어대는 매미처럼 유리창에 코를 박았고 물소들은 꼬리를 좌우로 흔들며 버스 옆을 유유히 지나갔다. 소들이 지나간 거리를 푸른 숲의 호위를 받으며 버스가 다시 달렸다. 마치 그림 속으로 들어온 것 같았다.

중심가로 접어들자 삼륜차를 개조한 툭툭이와 오토바이 사이로 이따금 소형 자동차가 눈에 띄었다. 얇은 아스팔트 위의 질서는 중앙선 없이도 소리 없이 잘 유지되고 있었다.

'라오스의 시간은 흐르지 않고 샘물처럼 고여 있는 것인지도 몰라. 그러니 서두를 필요가 없는 것이겠지. 이 나라 말에도 빨리란 부사어가 있을까? 있다 해도 사용 빈도가 그렇게 높지 않을 거야.'

혼자 엉뚱한 상상을 하며 창밖을 바라보았다. 하루에도 수십 번씩 내뱉게 되는 '빨리빨리'란 말. 듣는 사람에게는 채찍과도 같을 이 말은 도무지 라오스와는 어울리지 않아 보였다

빨리빨리

한국은 '빨리빨리'가 대세다. 적어도 내가 현태를 낳던 때는 조기교육의 바람까지 불었다. 특수 아동을 위한 몬테소리 교육이 일반 아동들에게까지 확대되던 시기였다. '한글나라'라는 학습지가 대유행이었고 큰 아이 역시 '한글나라'의 도움으로 글자를 배웠다. 글자의 뜻은 모른 채 문자를 음성화해서 읽기를 배운 것이다. 언어가 빠르면 인지 능력도 빠르게 발달한다는 육아서에 혹한 결과였다. 뭐든 만지고, 보고, 듣고, 느껴 오감을 발달시켜야 할 시기에 기형적으로 인지능력만 날로 뻗어 나갔다. 남보다 빠르다는 것은 곧 월등하다는 의미로 통했고 육아 초보인 나는 의심 없이 그대로 믿었다. 초등학교 고학년이 되고 본격적인 공부를 시작하면서는 '빨리빨리'란 말을 아예 입에 달고 살았다. 처음 아이를 낳고 '건강하게만 자라다오!' 했던 마음은 반공 표어처럼 잊혀졌다.

생각해보면 빨리란 말은 경쟁의 뒷면 같기도 하다. 경쟁은 누

군가는 져야만 하는 구조다. 너를 이기지 않으면 내가 지게 되는 상대 평가와 비슷하다. 경쟁에서 지고 싶은 사람은 없으니까 자신을 희망이란 이름으로 고문하게 되는 것, 그것이 승자와 패자만이 존재하는 냉엄한 경쟁 사회의 비정함이 아닐지. 경쟁에서 이기기 위해서는 더 많은 시간이 필요하고 남보다 더 빨라야 하며 마음의 여유는 그야말로 사치다. 지나친 욕심은 이웃과의 소통마저 어렵게 한다. 이렇게 해서 성공하면 과연 행복할까? 이전의 나는 잠시 접어 두고 라오스에서만큼은 느리게 살아보자 마음먹었다.

싸바이디

처음으로 들른 곳은 라오스의 개선문이라는 빠뚜싸이다. 프랑스의 통치 하에 오랫동안 있었기 때문에 비엔티안의 건물들은 유럽풍이 많다. 개선문도 그중 하나다. 개선문 앞에 있던 커다란 분수대의 수면은 빠뚜싸이를 거울처럼 비추었고 사진가들은 자세를 낮추어 분수대에 비친 개선문의 반영 사진을 찍었다. 돌 벤치들이 놓여 있는 길 건너편 모퉁이에서 툭툭이 기사가 손님을 기다리며 우리들을 바라보았다.

개선문 입구를 향해 걸어가자 금방이라도 경쾌한 나팔 소리가 울려 퍼질 듯 섬세하게 조각된 외벽의 나팔수가 우리를 맞아 주었다. 내부로 들어서자 커다란 돔 형태의 천정과 다양한 형태의 창들이 눈에 들어왔다. 돔 형태의 천정과 벽에는 색유리로 모자이크된 부조들이 사방에 배치되어 있었고 국민 대부분이 불교를 믿는 나라답게 곳곳에서 부처님을 만날 수 있었다. 조용하고 소박한 나라에 어울리지 않게 좀 화려하다는 생각을 했다.

— 사원들이 참 화려해요.

지나가는 내 말에 가이드가 대답했다.

— 그렇죠? 대체로 모든 사원이 화려합니다. 라오스는 유리 생산이 많이 나는 나라죠. 황금색은 존중을 의미하고요. 그래서 귀한 존재를 숭상한다는 의미로 금을 입히고 많이 생산되는 유리로 자신들의 불심을 표현한답니다.

천천히 고개를 끄덕였다. 이야기를 듣고 보니 화려한 사원들이 다시 보였다.

나선형 좁은 계단을 따라 조심스럽게 전망대로 올라갔다. 전망대에서 내려다 본 거리는 한 나라의 수도라고 믿어지지 않을 만큼 조용하고 한적했다. 마치 무성 영화를 보는 듯했다.

빠뚜싸이 내부에 있던 기념품 가게 앞에 바나나 잎으로 장식된 노란 꽃이 수북했다. 시골 장독대 근처 뱀을 쫓기 위해 심었던, 우리가 금잔화라고 부르는 마리골드꽃이다. 부처님께 바치는 꽃도 황금빛을 닮은 마리골드고 또 길거리에서 마주치던 승려들의 가사가 주황색인 것도 이곳 사람들이 금을 존경, 숭배의 상징으로 여기기 때문인 듯했다.

빠뚜싸이를 나와 환전을 하기 위해 딸랏싸오 시장으로 갔다. 시장 입구에 다다르자 어린 소녀가 이어폰을 꽂고 음악에 취해 있는 대형 광고판이 제일 먼저 눈에 띄었다. 소박해 보이는 옆 건물의 건어물 가게와 강한 대비를 이루었다. 광고판만 떼어놓고 보면 명동 어디쯤 같아 보였다. 우리나라의 남대문 시장만큼 크고 유명한 시장이란다. 시장 입구에 있는 환전소에서 라오스 돈으로 환전을 했다. 라오스의 화폐 단위는 '킵'이다. 대략 1달러에 8천 킵. 동전은 없고 모두 지폐다. 단위도 만 킵, 오만 킵 등 너무 커서 마치 내가 백만장자라도 된 기분이었다. 우리는 헤아릴 수 없이 많은 '킵'을 들고 시장 구경에 나섰다.

시장 초입에서 앳돼 보이는 청년이 비닐봉지에 과일을 담아 팔고 있었다. 맑은 표정이 마음에 들었다. "싸바이디" 했더니 "싸바이디" 라고 말하며 미소로 응답했다. '싸바이디'는 '안녕하세요?'쯤 되는 라오스의 인사말이고 '곱짜이'는 '고맙다'라는 라오스 말이다. 단 두 마디 말만 가지고도 마음을 나누기에는 충분했다. 총각에게 카메라를 보여주며 찍어도 괜찮겠냐고 눈짓으로 물으니 대답 대신 그냥 웃었다. 난 "곱짜이"라고 말하고 청년을 카메라에 담았다. 찍은 사진을 보여주자 하얀 이를 드러내며 달맞이꽃처럼 수줍게 웃었다. 부끄러움과 호기심이 섞여 있는 환한 미소였다.

건어물 가게와 과일 가게를 지나 잡화를 파는 골목으로 들어갔다. 밝은 표정을 한 시장 사람들은 지나가며 건네는 "싸바이디"라는 말에 들릴 듯 말 듯 "싸바이디"라고 대답하며 미소 지었다. 꼭 팔겠다는 욕심, 혹은 꼭 팔아 달라는 간절함이 없는 그들의 눈빛은 그래서 더 편안했다.

간절함이 곧 기도

라오스의 가장 대표적인 사원이라는 탓루앙 사원이 멀리 황금빛으로 빛난다. 사원 기둥 아래 부처님의 머리카락과 가슴뼈가 봉안되어 있어 라오스인들에겐 아주 신성한 곳이라고 했다. 사원 안으로 들어가려 하자 안내원이 제지했다. 짧은 내 반바지가 문제였다. 이곳은 성스러운 곳이므로 노출이 심하면 출입할 수 없단다. 바지나 치마는 무릎 이하, 어깨의 과다한 노출도 금지 대상이다. 나는 커다란 스카프로 임시 치마를 만들어 입고 입장했다.

사원 내부는 밖에서 보던 규모보다 훨씬 크고 웅장했다. 마리골드를 손에 쥐고 합장한 여자들이 발끝에 시선을 모으고 탑돌이를 한 다음 신발을 벗고 부처님이 계신 중앙 계단을 올라갔다. 엄숙한 분위기에 압도되어 우리도 숨을 죽였다.

사원 뒤뜰로 돌아가자 황금빛으로 눈부신 와불이 나타났다. 박락 현상도 없고 칠 보존도 잘 되어 있다. 와불이 얼마나 크던지 발 쪽 부분에 모여 있는 사람들이 마치 소풍 나온 소인국 사람들 같았다. 오랫동안 와불 주변에 머물렀다.

이제는 아이들의 사회적 성공이나 명예는 꿈도 꾸지 않는다. 다만 먼 나라, 낯선 거리를 걷는 내게 '마음의 평화'만이 간절했다. 간절함이 기도라면 나의 기도가 부처님의 자비에 가 닿기를. 말없이 미소만 짓고 있는 부처님을 향해 마음으로 합장했다.

저녁 무렵에 호텔에 도착했지만, 아직 해가 남아 있어 거리로 나왔다. 주변을 두리번거리며 느리게 숙소 주변을 산책했다. 빠른 걸음에 익숙한 내게 천천히 걷는 일은 생각보다 어려웠다. 잦은 비로 군데군데 생긴 물웅덩이에는 푸른 하늘이 담겼고 물웅덩이에 담긴 푸른 하늘 위로 하얀 구름이 흘러갔다. 망고 나무에선 망고가 익어 가고 야자나무 잎은 더위에 지쳐 축 늘어졌다. 집과 집을 구분하는 담은 있는 듯 없는 듯 하고 마당엔 색색의 빨래가 널려 있었다. 어디선가 나타난 누런 개는 눈을 꿈벅거리며 나를 보고 꼬리를 흔들었다. 개도 주인을 닮는 모양인지 이방인을 보고도 짖지 않았다.

서서히 땅거미가 지고 천천히 아주 천천히 나무늘보가 길을 건너듯이 주변은 조용히 어둠에 잠겼다. 동네의 불빛은 꺼졌고 하늘에는 별이 하나둘 돋아났다.

타임머신을 타고

유년을 만나다

온 천지가 온통 초록뿐인, 구름도 쉬어 갈 것 같은 날망에 버스가 멈췄다. 몽족 마을이었다. 좁은 비포장도로 옆, 낮은 언덕 주변에 집들이 옹기종기 모여 있다. 버스가 도착하자 마을 사람들이 가족사진을 찍기 위해 한 명 두 명 공터로 모였다. 언덕을 올라오는 여인들의 얼굴에는 뽀얀 분으로도 감추지 못한 순박함이 그대로 드러났다. 초롱초롱한 검은 눈망울이 예쁜 여자아이도 어린 동생을 안고 힘겹게 언덕을 오르고 있다. 모이고 보니 고만고만한 아이들이 유난히 많았다. 개들도 마당으로 나오고 돼지도 닭도 마당으로 모였다. 마치 마을 잔칫날 같았다. 어른들은 슬리퍼를 신기도 했지만 아이들은 대부분 맨 발이었다. 이리저리 뛰어다니며 장난치는 아이들의 색 바랜 티셔츠 위로 햇빛이 투명하게 쏟아졌다. 개들은 짖는 것도 잊은 채 아이들

꽁무니를 따라다녔다.

마치 타임머신을 타고 어린 시절로 날아간 듯했다. 모여든 마을 사람들 틈에 젊은 엄마 얼굴이 보였다. 그리고 엄마 치마로 반쯤 얼굴을 가린 어린 내가 엄마 손을 잡고 있다. 흑백사진처럼 아련한 기억들이 몽족 마을에서 활동사진처럼 되살아났다.

솜털처럼 부드러운 오월의 햇살이 마당에 가득하다. 장다리밭 옆에서 엄마가 허공에 탁탁 빨래를 털자 잔 물방울들이 사방으로 튄다. 빨랫줄에는 긴 대나무가 걸려 있고 빨래에서 떨어진 물기는 맨땅을 적시다 이내 말라 버렸다. 나는 배추흰나비를 따라 양팔을 벌리고 춤을 추었다.

나른한 봄날이 가고 장독대 주변에 빨간 봉숭아가 피면, 동네 어른들은 우물가로 모여 들었고 아이들은 커다란 고무 대야에 샘물을 받아 물놀이를 했다. 저녁이면 엄마는 짓찧은 꽃잎으로 손톱에 봉숭아 꽃물을 들여 주었다. 공부해 본 적이 없는 엄마는 공부하란 소리를 할 줄 몰랐고 먹빛 같은 어둠 속에서 간간이 개 짖는 소리가 들려오면 나는 하늘의 별을 세다 까무룩 잠이 들었다.

"김치~" 소리에 카메라를 바라보며 수줍어하던 사람들이 활짝 웃었다. 웃는 얼굴이 보름달 같았다. 마치 아무 걱정 없는 사람처럼 나도 따라 활짝 웃어 보았다. 마음이 조금 밝아졌다. 가슴을 드러내 놓고 아기에게 젖을 물리던 젊은 여자의 시선은 참새 떼 같은 아이들의 뒤를 쫓고 천둥벌거숭이 같은 남자 아이는 턱받이만 한 채 엄마 주변을 아장거렸다.

몽족 마을 아이들처럼 현태와 소라도 어렸을 때는 자주 시골에 갔다. 시골은 반딧불이가 사는 청정 지역이었고 집 앞으로 사시사철 맑은 냇물이 흘렀다. 봄에는 다슬기를 잡고 여름이면 물놀이를 하고 가을이면 논둑길을 달리며 잠자리를 잡았다. 남편의 어린 시절 놀이터이자 아이들의 놀이터인 정자나무 아래서 겨울이면 장작불을 피우고 숯불에 밤을 구워 먹었다. 정월 대보름 쥐불놀이는 또 얼마나 즐거웠는지….

사진 인화 작업이 진행되는 동안 나는 동네 여기저기를 둘러보았다. 어미 닭이 푸드덕거리며 비탈길을 올라오고 뒤이어 병아리들이 뒤뚱뒤뚱 꽁지를 흔들며 뒤따라왔다. 꽃분홍 부겐베리아가 화사하게 피어 있던, 빈집 마당 한가운데에는 검은 돼지와 새끼 돼지 두 마리가 나란히 낮잠을 자고, 오이 넝쿨에는 살찐 오이가 주렁주렁 달려 있었다.

언덕 위 커다란 나무 의자에서 폭죽처럼 웃음소리가 빵 터졌다. 아이들의 중심에는 부산에서 온 여자가 앉아 있었다. 여자의 손에 들린 핸드폰 액정으로 화사하게 웃고 있는 아이들의 시선이 우르르 모여 들었다. 웃음이 한바탕 지나가자 그녀는 모서리가 닳은 낡은 핸드폰으로 아이들에게 사진 찍는 법을 설명했다.

— 찍을 사람을 맞추고 여기를 누르는 거야. 움직이지 말고.

그녀는 한국말로 말하면서 아이들 앞에서 시범을 보였다. 찍힌 사진을 보며 아이들은 또 방울새처럼 까르르 웃었다. 맑은 웃음소리가 숲속으로 동심원을 그리며 퍼져나갔다. 웃음소리에 놀란 닭들이 빠른 걸음으로 달아났다. '카메라도 보기 힘든 몽족 아이들에게 핸드폰은 부시맨의 콜라병 같을까?' 그녀가 이번에는 핸드폰을 맞은편의 남자 아이에게 건네며 말했다.

— 나 좀 찍어줘.

그녀의 핸드폰이 남자 아이의 손으로 넘어가고 그녀가 포즈를 취했다. 마치 오래 알고 지내던 사이처럼 자연스러웠다.

그녀의 말을 아이들이 알아들었을 리 없는데도 재미있게 노는 모습이 신기했다. 놀이를 통해서 서로의 마음이 가슴에 가 닿은 것이겠지. 놀면서 쉽게 친해지는 법이니까. 남자 아이가 찍은 핸드폰 사진을 보려고 눈빛들이 다시 핸드폰으로 모여 들었다. 잠시 후 또다시 웃음소리가 숲속에 울려 퍼졌다. 나는 행복해 보이는 그들과 몇 미터 거리를 두고 재빨리 카메라를 들었다.

몽족 마을을 떠날 시간이 되었다. 가족사진은 액자에 담겨 사진 속에서 웃고 있는 주인공들에게 전달되었다. 가져간 모자와 양말과 티셔츠도 전달되었다. 그녀는 "안녕!"이라고 말하며 아이들을 향해 손을 흔들었다. 소녀들은 다람쥐처럼 높은 나무 위로 올라가 그녀를 향해 고사리 같은 손을 흔들었다. 소녀들의 시선은 연신 뒤돌아보며 언덕을 내려가는 그녀의 어깨 위로 날아갔다. 잔잔하면서 부드러운 감동이 온몸을 감쌌다. 이방인에 대한 경계 없이 호기심 어린 눈으로 사진을 바라보던 아이들의 까만 눈동자가 이별을 아쉬워하며 나무 위에서 웃고 있었다.

첫날 그녀는 커다란 카메라를 든 사람들 속에 카메라 없이 돌아 다녔다. 카메라를 챙겨 오지 않았다고 했다. 고의였는지 실수였는지 나는 모른다. 어쨌든 그녀는 카메라 대신 낡은 핑크빛 핸드폰을 들고 다녔다. 그녀는 무리 지어 다니지 않았고 큰 소리로 말하지도 않았다. 그래서 눈에 띄지 않던 그녀였다. 어쩌다 말을 걸면 간단하게 대답하고는 소리 없이 웃기만 했다.

한 번 내 눈에 들어온 그녀는 다음 날도 그 다음 날도 내 눈에 들어왔다. 그녀는 멋진 풍광 앞에서 풍경화를 그리듯이 핸드폰에 녹음했다.

— 엷은 구름이 멀리 숲을 지나가고 있어. 비 온 뒤라 공기는 촉촉하고 나뭇잎은 더욱 선명해. 발밑에는 하얀 야생화가 피어 있고 나는 지금 숲 속으로 조금 더 깊이 걸어가고 있어….

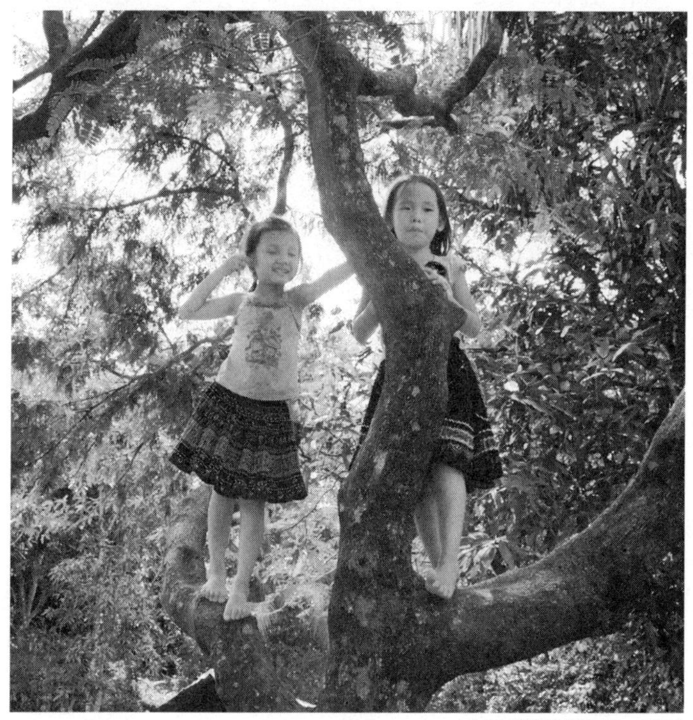

나무 위에서 배웅하는 아이들

그녀의 행동은 몸에 밴 것처럼 자연스러웠다.

'들려줄 누군가가 기다리고 있는 것이 틀림없어. 만약 기다리는 그가 앞을 볼 수 없다면 사진은 아무 소용이 없을 거야. 그래서 녹음을 하는 거겠지. 암튼 사랑 없이는 불가능한 일이야. 누군지 모르지만 참 행복한 사람일 거야.'

나는 그녀의 녹음기 속을 훔쳐보고 싶었다. 그녀의 핸드폰 속, 말로 그린 그림들이 궁금했다. 그녀의 얼굴에는 그림자도 욕망의 흔적도 집착의 느낌도 찾아볼 수 없었다. 내 안의 가득 찼던 욕망은 곧 터져 버릴 풍선처럼 빵빵했다가 바람 빠진 풍선처럼 절망의 나락으로 곤두박질쳐 여전히 신음 중이었다.

몽족 마을은 매혹적이면서 강렬했다. 카메라가 아니라 말로 사진을 찍던 그녀의 모습이 몽족 마을의 풍경으로 남았다. 그녀의 녹음기에 담긴 라오스는 어떤 모습일까? 값싼 호기심이 일렁일렁 또다시 일어난다.

닫혀 버린 마음의 문

루앙프라방

도시 전체가 세계 문화유산으로 등재되어 있어 대형 버스가 시내를 관통하지 못하는 루앙프라방은 아담하면서 아름다운 사원의 도시다. 분위기가 엄숙하면서 고즈넉하고 고졸하면서도 활기차다. 곳곳에 사원들이 보석처럼 박혀 있고, 황금빛 사원의 지붕에 내린 햇빛은 사방으로 산란하여 찬란하면서 아름답다.

얼핏 보면 현지인보다 배낭 여행객이 더 많아 보인다. 이방인과 현지인이 자연스럽게 섞이고, 유럽식 건축물과 라오스 전통 양식의 건축물이 조화를 이루며, 무엇보다도 빼어난 자연 경관과 빛나는 사원들로 인해 도시 전체가 마치 보물섬 같다.

가족을 두고 혼자 여행 온 지도 며칠이 지났다. 와이파이가 빵빵 잘 터지는데도 불구하고 와이파이 연결조차 하지 않았다. 일주일만이라도 복잡한 현실을 잊고 싶었다. 그러나 잠자리에 들면 집에 혼자 남아 있을 남편이 걱정되었다. 핸드폰을 열어 와이파이를 연결하고 톡을 열어보았다. 남편의 문자가 도착해 있다.

— 살 도착했는지. 집 걱정은 말고 잘 지내다 와.

말수 적은 남편의 긴 문자를 보자 뜨거운 것이 깊은 곳에서부터 올라왔다. 하마터면 눈물이 날 뻔했다.

— 무사히 도착. 잘 지내.

짧게 문자를 보냈다. 집과 연결되자 머릿속이 다시 들끓기 시작했다. 핸드폰을 가방 깊숙한 곳에 찔러 넣었다.

'하긴 신문이나 뉴스에서만 듣던 일이 내게만 일어나지 말란 법도 없지.'

생각이 바뀌자 그동안 내가 누려 온 많은 것들이 새삼 고마웠다. 숨을 깊이 들이마셨다가 조용히 내뱉었다. 낮에 만났던 평화로운 얼굴들 위로 가족들의 얼굴이 하나 둘 지나갔다. 결국, 모든 것은 마음의 문제일까. 억지로 오지 않는 잠을 청했다.

다음 날 오전, 긴 줄을 피하려고 문을 열자마자 왕궁 박물관으로 갔다. 박물관 입구에는 라오스의 마지막 왕인 시사방봉왕의 동상이 있었다. 박물관은 식민지 초기에 지어진 근대식 건축 양식으로 근처의 화려한 사원들에 비해 단조로웠다. 내부 사진

촬영은 금지였고 과다한 노출 또한 출입 금지 대상이다. 모자. 선글라스는 물론 카메라도 개인 사물함에 보관하고 몸만 들어갈 수 있다.

이곳에선 박물관 구경을 할 사람과 안 할 사람으로 나뉘었다. 나는 박물관은 재미없다는 고정관념을 가지고 잠시 망설이다가 언제 다시 올까 싶은 마음에 최종적으로 구경할 사람 편에 섰다.

내부가 온통 황금색과 붉은색으로 장식되어 있고 벽과 천정의 유리 장식이 아주 인상적이다. 황금 불상과 각국의 원수들로부터 받은 선물들과 왕과 왕비의 침실도 그대로 보존되어 있었다. 외부와는 달리 내부는 전형적인 라오스 식이다. 구경할 사람 편에 선 건 탁월한 선택이었다. 여행지에서는 볼까 말까 망설여지면 일단 보는 것이 진리다. 들은 건 돌아서면 곧 잊어버리지만 눈에 담아 온 건 아주 오래오래 남는 법이니까.

움직이는 기도

박물관 맞은편에 바로 푸시산이 있다. 정상에는 작은 암자인 푸시사원이 있고 정상에서는 메콩강이 흐르는 시내를 한눈에 조망할 수 있으며 특히 일몰이 아름답다고 했다. 하지만 점심

무렵이어서 아쉽지만 일몰은 포기해야 했다.

태양 빛이 직선으로 날아와 정수리에 꽂히고 등줄기에서는 눅진눅진 기분 나쁘게 땀이 흘렀다. 습기까지 머금은 날씨는 날달걀이라도 금방 삶아 낼 듯이 이글거렸다. 설상가상으로 산 초입부터 계단이 무려 328개나 버티고 있다. 허리를 15도쯤 꺾고 계단을 오르는 사람들의 뒷모습이 눈에 들어왔다. 극기 훈련이다. 나는 숨을 깊이 들이마셨다 천천히 내쉬면서 속으로 하나 둘…, 숫자를 세며 계단을 오르기 시작했다.

"합격을 축하합니다"란 문자를 받고 얼마나 기뻤는지 모른다. 소위 천재들만 모인다는 그곳에 내 아이가 입학했다는 것이 믿어지지 않았다. 과정의 많은 우여곡절은 모두 이 순간을 위한 시간 같았다. 입학식 날 풍경이 눈에 선하다. 일반 학교의 입학식과는 너무도 달랐던 그 날, 눈이 별처럼 빛나던 어린 미래의 과학자들을 앞에 두고 교장 선생님은 나라의 동량이 되어 달라고 당부했다. 그리고 열일곱이라는 어린 나이에 완전 자율이 주어졌다. 수업을 듣는 것도 공부를 하는 것도 자율이었다.

아이를 멀리 떼어 놓고 남편과 집으로 돌아오면서 더 이상의 욕심은 부리지 않기로 했다. 그러다 날아든 청천벽력 같은 소식, 학점이 나빴던 것도 아니고 공부가 싫었던 것도 아니라 단지 과학보다는 인문학이 하고 싶다는 이유로 그 모든 걸 포기하겠다는 아들을 나는 도저히 받아들일 수 없었다. 계단을 오르듯 하루하루를 견뎠다. 찌는 듯한 더위에 계단을 오르면서 계단 오르는 고통은 아무것도 아니라고 생각했다.

— 하나, 둘, 셋…

말없이 20계단을 쉬지 않고 오르고 잠시 쉬었다가 다시 20계단 오르기를 반복했다. 어느 정도 오르자 울창한 대나무 숲이 나타났다.

'원하는 순간을 맞이하기 위해서는 원치 않는 더 많은 시간을 견뎌야 하는 것처럼 힘든 시간은 기쁜 시간을 맞이하기 위한 마중물이라 생각하자. 이 터널도 언젠가는 끝나겠지. 제발 이 시간이 지나면 평화로운 날이 기다리고 있기를. 결국, 아들의 마음을 돌리지 못할 거라면 있는 그대로의 현태를 받아들일 수 있기를…'

힘겹게 내딛는 한 걸음 한 걸음이 곧 움직이는 기도였다.

온몸이 땀으로 범벅이 될 무렵, 장마처럼 지루한 계단 끝에 푸른 하늘이 보이고 곧이어 하얀 회벽의 푸시사원이 나타났다. 문은 열려 있었고 고양이가 앉아 있는 문턱 너머로 두 손을 합장하고 부처님 앞에 큰절을 올리고 있는 사람들의 모습이 보였다.

푸시 사원 입구에서 만난 고양이

고양이가 뚫어지게 나를 바라보았다. 고양이의 차가운 눈매와 맹수의 혈통답게 겉으로 잘 드러나지 않는 심중이 두려움이자 공포였는지 암튼 난 오래전부터 고양이가 싫었다. 개는 무서워하고 고양이는 싫어하는 나도 고양이에게 질세라 고양이의 눈을 정면으로 응시했다. 묘한 긴장감이 흘렀다. 아들은 고양이를 좋아했다.

— 엄마, 우리 고양이 한 마리 키우면 안 돼요?

— 안 돼!

나는 단호하게 거절했다. 바쁘기도 했지만 먹고, 싸는 생명체를 집안에 들이는 것은 집안일로부터 벗어나고 싶은 내게 보살펴야 하는 식구가 하나 더 느는 것이므로 결사 반대였다.

— 엄마, 우리 학교에는 길고양이가 많아요. 가끔 제가 먹이를 주면 먹이만 받아먹고 냉정하게 돌아서 가요.

— 냉정하기가 얼음이네.

— 먹이 좀 얻어먹었다고 비굴해지는 것보다는 좋아요.

아들은 그런 냉정함이 비굴하지 않아서 좋다고 했다. 종종 새끼 고양이에게 먹이를 주다가 할퀴기도 하는지 팔뚝을 걷어 할퀸 상처를 보여주었다. 아들은 고양이를 닮았다. 낳아주고 길러주었다고 무조건 복종하는 건 먹이 좀 얻어먹었다고 비굴해지는 고양이와 같다고 생각하는 듯했다.

아들과 눈을 바라보며 이야기를 나누어 본 지가 언제인지 아득하다. 눈은 마음으로 들어가는 문이라 했는데 눈을 마주 보고 말하는 게 어느 순간 어려워져 버렸다. 그러다 불쑥 마주한 낯선 아이의 모습에 당황했다. 내가 안다고 착각한 건 겉모습뿐. 무슨 생각을 하는지, 무슨 고민이 있는지, 무얼 좋아하는지 싫어하는지 하나도 아는 게 없다. 불안했다. '관계회복은 될까?' '그런 시간이 내게 오기는 올까?' 고양이의 눈을 바라보는 마음이 조금 누그러졌다. 여전히 고양이는 미동도 하지 않고 뚫어지게 나를 바라보았다.

'나는 안타깝게도 눈을 통해 마음을 읽는 법을 잊어버렸단다.'

고양이보다 내가 먼저 눈을 피해 버렸다.

소박한 삶은 선택의 문제

고양이와 헤어지고 조금 더 올라야 정상이다. 한 줄기 시원한 바람이 목덜미를 쓸고 지나갔다. 정상에 오르자 우뚝 선 황금색 탑이 제일 먼저 눈에 들어왔다. 바위에 걸터앉아 산 아래를 말없이 굽어보았다. 멀리 황톳빛 메콩강이 유장하게 흐르고 강줄기를 따라 드문드문 마을이 보였다. 자연이 만든 선들을 바라보고 있자니 마음이 고요해지고 평화로워졌다. 자연이 만들어낸 직선과 곡선을 타고 나에게로 포복하듯 진군하는 내밀한 소리들, 그것은 내가 특별하다는 잠재의식과 잘난 아들 뒤에 초라한 나를 숨기고 싶은 욕망을 내려놓고 잔잔히 흐르는 강물처럼 유유히 흘러가라는 냉엄한 소리처럼 들렸다. 비가 오려는지 먼 하늘로부터 검은 구름이 몰려왔다. 비를 피하려면 서둘러 산을 내려가야 했다.

내려가는 길, 좁은 사원 마당에서 방생용 새와 부처님께 헌화

할 꽃을 파는 소년을 만났다. 덥고 나른한 오후 얼마나 졸렸을까. 또 갇힌 새들은 얼마나 답답할까. 소년은 엎드려 팔을 베고 자고 있고, 작은 대나무 우리에 갇힌 새는 지쳤는지 기척도 없다.

가파른 바위 난간에 바나나 잎으로 장식된 참파가 놓여 있었다. 참파는 하얀 빛깔에 수술 부위가 노란, 소박하게 생긴 꽃이다. 아! 그러고 보니 라오항공 승무원들 머리에서도, 라오 항공 비행기 날개에서도 빛나던 꽃이다. 참파의 꽃말은 '존경과 경이'란다. 젖을 물리며 아기를 지그시 바라보는 엄마의 눈빛과 엄마를 향한 아기의 눈빛이 허공에서 만나던 모습과 참파의 이미지가 중첩되었다. 무엇 때문에 자식을 사랑하는 사람이 있을까. 그렇다면 그건 사랑이 왜곡된 것이겠지. 모성은 본능이다, 아무런 이유 없이 제 자식을 향한 무한 애정. 말할 수 없는 간절함이 노란 촛농이 되어 벼랑을 타고 뭉텅이 뭉텅이 흘러내린 사원 뒤뜰에서 나는 조용히 합장했다.

반대 방향으로 내려오는 길에 작은 암자에 들렀다. 각 맞춰 널린 스님의 빨래에서 검소한 생활과 절제의 미, 그리고 화려함이 절대 따라올 수 없는 기품 같은 것이 느껴졌다. 소박하기만 한 스님의 빨래를 보자 물건으로 꽉꽉 눌러 채우느라 너나없이 바쁜 도시적인 팍팍한 삶이 스쳐 지나갔다. 스님의 단출한 삶을 보면서 마음에 비질을 했다.

'소박하게 살아야지.'

소박한 삶은 무능력의 결과가 아니라 선택의 문제다. 이런저런 생각을 하며 걷다 보니 벌써 마지막 계단이었다.

생명의 나무

왓씨엥통 사원에서

왓씨엥통 사원에 들어서면 땅에 닿을 듯 말 듯 한 이색적인 지붕 처마가 눈에 가장 먼저 들어온다. 황금 도시의 사원이라 부르기도 하는 이 사원은 세 겹으로 된 지붕의 곡선이 특히 유려하면서 아름답다. 정면에서 본 사원은 안정적인 이등변삼각형을 이룬다. 마치 우리나라의 맞배지붕이 지면으로 내려앉은 형상이다.

단순한 외형에 비해 유리 모자이크 공법으로 장식된 벽과 지붕은 화려하다. 주로 황금색과 붉은색이며 황금 지붕 위로 떨어진 햇빛이 사방으로 반사되어 눈이 부셨다. 빛의 각도에 따라 다채로운 빛을 뿜어내는 섬세한 외벽은 마치 보석 세공처럼 정교하여 저절로 감탄이 쏟아졌다. 이곳에 라오스의 보물, 파방이 보존되어 있으며, 파방은 황금 불상으로 높이 83센티미터, 무게는 약 50킬로그램 정도인데 도난당했다가 되찾았다고 했다.

아름다운 사원을 보자 일행들의 발걸음이 빨라졌다. 삐질삐질 삐져나오는 땀을 닦으며 연신 자세를 바꿔 사진 찍기에 바쁘다.

— 전 여기서 쉬고 있을게요.

— 이 순간은 다시 안 옵니다. 사진 많이 담아 가세요.

육중한 카메라를 메고 있던 남자분이 내게 말했다. 그의 어깨에 매달린 커다란 가방이 납처럼 무거워 보였다.

— 네, 조금만 쉬었다가 ….

더위에 지친 나는 커다란 부겐베리아 나무 아래, 돌 의자에 앉아 빛나는 사원 지붕을 바라보았다. 빛이 강렬한 만큼 그늘도 깊다. 혼자 남아 있자니 민낯의 생각이 옆구리를 툭 치고 지나갔다.

'시간이 지나면 정신 차리겠지?'

정신 차려야 할 대상이 나인지 아들인지 왔다 갔다 했다.

'아니야, 어쩌면 변해야 할 사람은 나인지도 몰라.'

'군대 다녀오면 생각이 바뀔 거야. 현실적으로 변할지도 모르지.'

'아니야. 너무 공부 공부하며 키운 내 잘못이야. 내 욕망을 아들에게 강요하는 게 아니었어.'

'그래도 그렇지.'

'다시 처음으로 돌아간다면 더 잘 키울 수 있을까?'

이때 옥이가 다가와 내 옆에 앉았다.

옥이는 자기가 찍어 온 사진들을 보여주었다. 특이하게 풍경이 아닌 발이 클로즈업 된 사진들이었다. 사진들을 보며 머뭇거리자 내 얼굴을 살피던 옥이가 말했다.

— 난 주로 사람들이 안 찍는 걸 찍어. 가령 사람들의 발이라든지….

옥이의 카메라엔 내 발과 함께 많은 사람의 발이 담겨 있었다.

날씨가 얼마나 더운지 힘겹게 부채질을 해도 나오는 건 더운 바람이었다. 우리는 일어나 뜨거운 햇볕을 온몸으로 받으며 붉은 사원으로 향했다.

붉은 바탕에 커다란 나무가 서 있고 나무에는 사람과 각종 동물과 꽃들이 유리로 모자이크되어 있는 벽면을 향해 사람들이 연신 셔터를 눌러 댔다. 불교의 우주관을 형상화했다는 생명의 나무다. 나뭇가지는 하늘, 줄기는 땅 그리고 뿌리는 지하 세계를 상징한다고 가이드가 알려주었다. 생명의 나무는 빛의 각도에 따라 다양한 빛을 영롱하게 뱉어냈다. 생명은 어디에서 와서 어디로 가는지, 참삶이란 어떻게 사는 것인지 생명의 나무는 알고 있을까? 나무가 생명의 근원과 우주를 상징하는 데는 그만한 이유가 있겠지만 모든 걸 답습하는데 길들여진 나는 짐작조차 할 수 없었다. 생명의 나무에서 나오는 성스럽고도 강렬한 이미지는 많은 사람의 시선을 빼앗고 쉽게 놓아주지 않았다.

여행자들의 천국

땅거미가 내려앉자 여행자 거리가 야시장으로 변했다. 차가 다니던 길에 좌판이 벌어지고 천막에 불이 들어오자 지친 여행자들의 눈에도 생기가 돌기 시작했다. 야시장 주변으로 여행자들이 모여 들고 밤이 깊어 갈수록 야시장의 열기는 뜨거워졌다. 각종 향신료 냄새와 각국의 여행자들이 쏟아내는 언어로 북적대는 야시장 옆 먹자골목으로 들어서자 온몸의 감각 세포들이 일제히 일어났다.

물건을 파는 사람들은 대부분 여자였다. 아기를 안고 있는 아낙도 있고 주름 깊게 팬 할머니도 있고 갓난아기를 안고 있는 어린 여자아이도 있다. 그들 앞에 놓인 물건도 형형색색의 작은 손지갑에서부터 장식품, 그림, 액세서리 등 주로 수공예품이다.

열 살 정도의 여자아이가 어린 동생을 안고 핸드 메이드 핸드백을 팔고 있던 곳에서 발길이 멈췄다. 영리하게 생긴 여자아이였다. 알록달록한 핸드백을 가리키며 물었다.

— 하우머치?

소녀는 대답 대신 50000이라 적힌 전자계산기를 나에게 보여주며 생글생글 웃었다. 소녀의 계산기를 받아 30000이라고 쓰고 나도 소녀에게 보여주며 싱긋 미소를 지었다. 재미있는 흥정이다. 잠시 후, 다시 35000이 적힌 계산기가 내 앞에 돌아왔다.

— 오케이!

잃어버린 유년을 주워 담듯 시장놀이 하는 기분으로 어린 소녀와 기분 좋게 흥정을 끝냈다. 이곳을 떠나면 몇 번을 더 쓰게 될지 알 수 없는 색동 핸드백을 어깨에 메며 소녀를 향해 '땡큐"라고 말했다. 소녀가 또다시 맑게 웃었다.

루앙프라방의 밤은 여행자들의 천국이다. 깊어 가는 어둠을 배경으로 여행자들은 불빛 아래로 몰려드는 날벌레들을 쫓으며 노천카페에서 밤늦도록 맥주를 마셨다. 취기가 오른 사람들의 목소리는 점점 높아지고 웃음소리는 더욱 경쾌해졌다. 이때 누군가 소리쳤다.

— 도마뱀이다!

늦가을의 젖은 낙엽 빛깔의 도마뱀 두 마리가 하얀 벽을 타고 어기적어기적 움직이는 곳으로 시선이 모였다. 놀란 여행자는 소리를 지르고 호기심 많은 여행자는 서둘러 도망가는 도마뱀을 향해 플래시를 터트렸다. 잠깐의 혼란이 지나가고 다시 화기애애한 분위기로 바뀌었다.

먼지가 내려앉듯 어둠이 차곡차곡 쌓이고 사람들은 시간 가는 줄 모르고 이국의 밤을 즐겼다. 일행들의 눈에는 나도 행복해 보일거야. 사람들의 마음속에 어떤 일들이 벌어지고 있는지 아무도 모른다. 미래는 미래의 일로 남겨 두고 나는 지금 내 앞에 흐르는 시간에 몸을 맡겨 버렸다. 웃음소리가 밤공기를 가르고 울려 퍼졌다. 시장에서 보았던 소녀의 얼굴이 마주하고 있는 여행자들의 웃는 얼굴 위로 스쳐 지나갔다. 이곳의 행복한 기운이 내게 전염되길 바라면서 복잡한 생각들은 잠시 접어 두었다. 거추장스러운 감정들을 걷어 내자 밤공기가 나를 아늑하게 에워쌌다. 조금 행복해졌다. 루앙프라방은 난파선처럼 흔들리는 내 마음에도 불구하고 아름다운 곳이었다.

나눈다는 것

새벽 탁발

탁발 행사를 보기 위해 조각 잠을 자고 새벽 4시에 일어나 호텔 앞에 모였다. 안개 낀 대기를 뚫고 부슬부슬 비가 내리고 가로등은 졸면서 적막한 거리를 희미하게 비추었다. 나는 김승옥의 소설 「무진기행」의 무진이란 도시를 떠올리며 짙은 안개가 몽환적인 분위기를 울컥울컥 풀어내고 있는 거리를 한동안 바라보았다. 일행들은 안개 속에서 카메라를 끌어안고 투덜거리며 봉고차에 올랐다.

— 아, 어떡해? 내 카메라.

— 어떡하긴 꽁꽁 싸매는 수밖에 없지.

다들 비로 인해 난감한 표정이었다. 카메라가 제일 문제였다.

여행지에서 비가 온다는 것은 단순 비가 온다는 사실을 넘어 잊지 못 할 풍경이고 배경이다. 사람들의 손놀림이 바빠졌다.

일단 카메라를 비로부터 철통 방어해야 한다. 우산으로 인해 사람과 사람 사이의 거리도 멀어질 수밖에 없다. 우산을 쓰는 것도 문제지만 도중에 비가 그쳐 버리면 접은 우산을 들고 다니는 것도 상당히 귀찮은 일이다.

탁발은 라오스에만 있는 행사는 아니다. 가까운 동남아의 불교 국가에서 대부분 비슷한 탁발 행사를 볼 수 있는데 대표적인 나라가 미얀마, 인도란다. 승려들은 생산 활동을 전혀 하지 않기 때문에 하루 일용할 양식을 새벽 탁발을 통해 해결한다고 했다.

보시 거리에는 일찍부터 나온 사람들이 조금이라도 비를 피해 보겠다고 남의 집 처마 밑에 주욱 늘어서서 비 오는 거리를 바라보았다. 다행히도 비는 점점 가늘어졌고 사진을 찍기 위해 우산을 포기하는 사람도 종종 보였다. 다소 들뜬 관광객에 비해 현지인들의 표정은 엄숙했다. 사람들은 보시할 자리에 돗자리를 펴고 음식 바구니를 앞에 놓고 무릎을 꿇었다. 우비를 뒤집어쓰거나 색색의 우산을 쓴 관광객들은 호기심 가득한 눈동자를 굴리며 탁발 행렬을 기다렸다.

파란 파라솔 밑, 김이 폴폴 나는 찰밥을 라오스의 전통 그릇에 담고 있던 할머니 앞에서 발걸음이 멈췄다. 시선은 할머니의 손을 타고 팔뚝을 지나 얼굴로 옮겨갔다. 주름진 얼굴에 지긋이 내리뜬 눈과 쉽게 열릴 것 같지 않은 꼭 다문 입술, 화장기 없는 얼굴에서 희생과 사랑으로 점철된 강한 모성을 읽었다. 우리나라에서 아들을 군대에 보내듯 장성한 자식을 한 번은 사원에 보내야 하는 이 나라에서 모든 어머니의 보시는 마치 출가 중인 자식을 향한 기도 같았다.

보시를 준비하는 할머니의 모습에서 문뜩 돌아가신 엄마 모습이 지나갔다. 자식을 낳아 보지 않았다면 나는 결코 엄마의 마음을 헤아리지 못했을 것이다. 애면글면 자식을 향해 뻗어 나가는 모성은 모든 것을 태워버릴 것 같은 태양 같기도 하고 온 세상을 애무하는 달빛 같기도 하지만 엄마의 모성은 태양도 달빛도 아닌 동물적 본능처럼 평소에는 잘 드러나지 않았다.

보시를 준비하는 할머니의 모습

북향이어서 어둡기까지 한 빈집에 혼자 들어올 때면 엄마가 기다리고 있는 친구들이 얼마나 부러웠는지…. 형편이 넉넉하지 않았기에 어린 나이에도 엄마가 일해야 한다는 건 알았지만, 일하지 않는 날의 엄마의 부재는 어린 나에게 체념과 포기를 일찍부터 안겨 주었다. 그런 엄마도 초파일이면 올망졸망 장독들이 모여 있는 장독대에 시루떡을 놓고 빌었다. 나는 기도하는 엄마의 뒷모습을 보면서 어서 고사가 끝나고 떡을 먹을 수 있길 바랐다. 엄마의 기도는 아마도 자식들을 향한 기도였으리라. 빈집은 내게 언제나 서늘하고 쓸쓸한 곳이었기에 나는 아이가 혼자 빈집에 문을 열고 들어오게 하고 싶지 않았다. 그래서 붙박이처럼 늘 집에 있다가 아이가 돌아오면 꼭 간식을 챙겨 먹였다. 그러고 보면 나는 너무 뜨거워서 주변을 몽땅 태워버릴 것 같은 태양 같은 엄마였다. 태양과 달빛 사이 적정 지점을 그때는 알지 못했다.

삶을 나눈다는 것

어느 가게 앞, 커다란 파라솔에 박힌 돋움체의 '노 포토'란 파란 글귀가 선명하게 눈에 들어왔다. 선명하다 못해 날이 서 있다. 누구라도 일상을 방해받고 싶지 않겠지만 민소매 티셔츠를 입은 중년 남자의 무표정한 시선은 유독 강렬하고 날카로웠다. 남자의 시선이 나를 훑고 지나갔다. 남자의 시선에 마음을 베인 듯 나는 얼른 카메라를 뒤로 숨겼다. 이때 눈치 없는 여행객이 다가와 클로즈업으로 파라솔 내부를 찍었다. 그러자 남자의 얼굴이 금세 험상궂게 변하며 큰 소리로 말했다.

— 노 포토!

그의 손은 '노 포토'라 쓰인 글자를 가리키고 있었고 놀란 여행객은 순간 그 자리에 얼어붙었다. 괜히 나쁜 짓 하다 들킨 것처럼 얼굴이 뜨거워져서 나는 얼른 그 자리를 피해버렸다. 사진 찍을 마음이 달아났다. 문득 사진으로도 남의 가난을 훔치지 말라던 어떤 사진가의 말이 떠올랐다.

보시할 줄이 길게 이어졌다. 얼굴에 불심이나 종교적인 엄숙함 대신 새로운 문화에 대한 호기심이 가득한 관광객도 그들이 묵었을 호텔 앞에서 탁발 체험을 준비했다. 긴 보시 줄 끝에는 남매로 보이는 어린 소녀와 소년이 텅 빈 대나무 소쿠리를 앞에 두고 무릎을 꿇고 앉아 주변을 두리번거렸다.

주황색 가사를 걸치고 발우를 맨 스님들이 멀리서 나타났다. 관광객들의 눈과 손이 바빠지기 시작했다. 다행히 비가 그쳤다. 노스님을 선두로 어린 스님들이 뒤를 이었다. 스님들은 모두 맨

발이었고 한 발 한 발 디딜 때마다 종교적인 엄숙함마저 느껴져서 나는 카메라를 든 채 한동안 멍하니 바라보았다.

'밥은 곧 생명과도 같으니까 먹는 걸 나누는 건 삶을 나누는 걸지도 몰라.'

이곳에서 밥은 밥 이상으로 소중해 보였고, 밥을 나누는 일은 일상이면서 분명 적선과는 달라 보였다. 바닥에 돗자리를 깔고 맨발에 무릎을 꿇고 기다리던 사람들은 경건하게 맨손으로 보시를 했다. 더 많은 사람들에게 보시하기 위해 음식은 조금씩만 담는다고 했다.

가난과 모독

문득 옥이의 말이 생각나 나도 스님들의 맨발에 집중했다. 카메라를 스님들의 발에 클로즈업시켰다. 얇은 피부 위로 발가락뼈가 걸을 때마다 도드라졌다. 발뒤꿈치부터 바닥에 닿아 동그랗게 말아 올라가면서 발가락이 땅에 닿았다. 스님의 드러난 종아리와 맨발에서 삶의 숙연함이 느껴졌다면 너무 비약일까. 산다는 것, 살아 있다는 사실이 얼마나 경이로운지. 땅을 딛고 있는 맨발에서 생명의 심장 소리가 들리는 듯 했다. 두 번 살지 않음으로 모든 삶은 살아있으므로 충분히 의미 있다는 걸 몸으로 말하는 것 같았다. 스님들의 긴 행렬은 소리 없이 이어졌고 관광객들이 내는 카메라 소음 역시 긴 행렬과 평행선을 그으며 오래도록 이어졌다.

보시할 줄 끝에 앉아 있던 어린 남매의 빈 소쿠리에도 먹을 것이 담겼다. 두 손을 합장하고 무릎을 꿇은 남매 앞에 놓여 있던 빈 소쿠리에 노스님이 음식을 나눠 주자 뒤 따르던 어린 스님들도 먹을 것을 조금씩 남매에게 나눠 주었다. 무심해 보이는 소년의 얼굴 위로 애잔함이 흘러가고 어린 소녀는 손을 합장한 채 몸을 비비 꼬았다.

소년과 소녀의 바구니도 서서히 채워졌다. 보시 음식에는 관심이 없는 듯 소녀는 목을 이리저리 돌리고 몸을 꼬고 손장난을 했다. 나는 속과 겉이 같은 토마토처럼 기쁘면 웃고, 슬프면 울고, 지루하면 몸부림치는 여자 아이의 단순한 내면을 재빨리 스캔했다. 동심이 살아있는 맑은 영혼을 마주한 느낌이었다. 스님들 걸음걸음 사이로 소녀의 합장한 작은 손은 막 터지려는 꽃봉오리처럼 아름다웠다. 스님들의 행렬이 끝나자 남매도 바구니를 메고 종종걸음으로 건물 사이 좁은 골목으로 사라졌다.

탁발 행렬은 주는 사람 받는 사람 모두 어떤 의식을 치르는 느낌이었다.

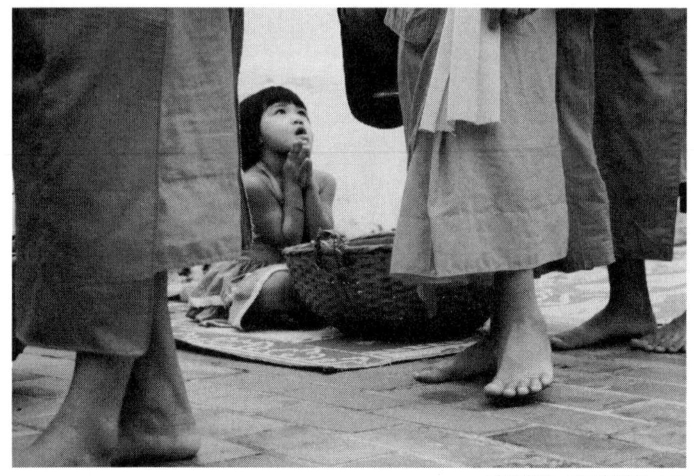

탁발 행렬 속의 합장한 소녀

엄마는 이웃에게 줄 음식 접시를 내게 들려주며 말했다.

"가장 좋은 것을 주는 거야. 잘못 주면 주고도 욕을 먹는 거란다."

주는 방법에 따라 때로는 인간에 대한 참을 수 없는 모독이 된다는 것을 어린 나이에도 어렴풋이 알 수 있었다.

내게 모독이란 말은 가난이라는 단어와 밀접하게 결부되어 있다. 누가 가난을 단지 불편한 것이라고 했는지. 그것은 '가난이 단지 불편한 것이 아니라 그에 부수적으로 따라붙는 많은 모독을 견뎌 내야 하는 것'을 모르는 사람의 말이다. 가난함은 죄가 아니라고 배웠지만, 가난이 죄처럼 여겨지는 현실과 가난이 불편을 넘어 인간성마저 파괴하기도 한다는 걸 난 잘 안다. 내 자식은 적어도 가난으로부터 멀리 떨어져 있길 바랐다. 그러나 나와 다른 환경에서 자란 아들은 가난이 모독을 불러올 수도 있다는 사실을 근본적으로 부정했고 그것은 좀처럼 좁혀질 수 없는 거리였다. 나의 가난은 손에 잡히는 것이었고 아들의 가난은 신기루처럼 추상적인 것이었다.

긴 보시 행렬이 끝나자 거리는 한산해졌다. 주민들이 빈 보시 그릇을 탈탈 털어 새들의 아침 식사를 남겨 두었는지 탁발 행렬이 끝난 텅 빈 거리에는 어디선가 날아든 참새 떼가 빈 바닥을 연신 쪼아댔다.

메콩 강가의 아침 시장

새벽부터 일어나 배가 고파진 우리는 아침에만 반짝 열린다는 메콩 강가의 아침 시장으로 갔다. 삶의 단면을 보여주듯 강가에 위치한 재래시장은 민물고기들의 비릿한 냄새로 자욱했다. 갓 잡은 물고기들이 여기저기서 파닥거렸고 젊은 남자의 팔뚝보다도 굵어 보이는 잉어는 지쳤는지 누워서 아가미만 벌름거렸다. 그 밑에는 어김없이 푸른 바나나 잎이 깔려 있었다. 커다란 잉어를 보자, 어느 날 어부가 커다란 잉어를 잡았다가 불쌍해서 놓아주었더니 은혜를 갚더라는 이야기 속 마을이 떠올랐다. 찰밥을 담을 때도, 좌판을 벌여 놓을 때도 그리고 사원에 꽃을 헌화할 때 장식하는 것도 바나나 잎이었다. 아마도 바나나 잎의 쓸모를 말하자면 한나절도 부족할 것이다. 빨간 플라스틱 그릇이 넘쳐 나는 한국의 시장과는 사뭇 다른 풍경이었다.

메추리알을 봉지에 담아 걸어 놓고 팔기도 하고 벌집과 애벌레를 팔기도 했다. 주식처럼 먹는다는 죽순도 쌓아 놓고 팔고 있었다. 뜨거운 국물에 돼지고기를 넣은 쌀국수 가게는 아침부터 북적거렸고 국화빵처럼 생긴 풀빵은 찹쌀이 들어갔는지 쫀득쫀득 맛이 있었다. 라오스 사람들의 주식은 쌀이다. 그래서인지 찹쌀 종류가 많다. 김을 올려 찐 찰밥은 맨손으로 만져도 손에 묻지 않았다. 봉지 봉지에 반찬을 담아 파는 반찬가게도 이국적이 분위기를 자아냈지만 반찬가게 앞을 지나갈 때는 진한 향신료 냄새 때문에 나도 모르게 발걸음이 빨라졌다.

시장 끝에서는 주로 채소를 팔았다. 브로콜리도 있고, 당근, 버섯도 있고 봉지에 싼 팽이버섯도 보였다. 어디든 사람이 사는 곳의 시장풍경은 비슷한 모양이다. 제 자리에서 묵묵히 자신에게 주어진 삶을 살아가는 시장 사람들이 무척이나 건강해 보였다. 

이방인의 도시

초록의 성

산허리를 가로지르며 난 꼬부랑길이 끝없이 이어지는 비포장 도로다. 버스가 지나갈 때마다 뿌연 먼지구름이 일고 지나가던 사람들은 버스를 피해 길섶으로 비켜섰다. 창밖은 초록 물결이 출렁이며 바다를 이루고, 가도 가도 고산지대답게 첩첩산중이다. 실개천에서 발가벗고 물장구를 치며 노는 아이들의 웃음소리가 달리는 창밖으로 흘러가고 태양에 잘 그을린 아이들의 구릿빛 피부는 돌고래의 피부처럼 반질반질 했다.

방비엥으로 가는 내내 사람들은 삼박 사일 동안 한숨도 못 잔 사람들처럼 버스 좌석 등받이에 기대 잠이 들었다. 잠들어 있는 얼굴마다 장시간 이동으로 지친 기색이 역력했다. 그나마 깨어 있는 사람들도 말이 없었다.

두어 시간을 달려 언덕 위에 버스가 멈췄다. 잠시 쉬어갈 모양이었다. 온통 초록이어서 화장실과 매점이 딸린 휴게소의 빨간 지붕이 유난히 눈에 띄었다. 가이드는 세상에서 가장 럭셔리한 화장실이 있는 곳이라며 웬만하면 꼭 들러 보라고 당부했다. 럭셔리한 화장실이란 말에 피식 웃음이 나왔다. 버스에서 내리면서 사람들이 한마디씩 했다.

— 너무 힘들어.

— 얼마나 더 가야 하는 거야?

— 에구구.

옆에 있던 남자가 무릎을 굽혔다가 펴자 우두둑 소리가 났다. 버스가 멈추기를 기다렸다는 듯이 버스가 멈추자마자 몇몇은 버스에서 내려 종종걸음을 치며 화장실로 달려갔고, 남자들은 버스 옆에서 두 팔을 머리 위로 올려 스트레칭을 했다. 젊은 여자들은 매점에서 흘러나오는 커피 향에 취한 듯 매점으로 쪼르르 달려갔다.

나도 언덕 위에 서서 기지개를 켰다. 잔뜩 움츠러들었던 뼈마디마디가 쭉쭉 펴지는 느낌이었다. 먼 곳에 시선을 던지자 구름이 산봉우리의 팔부 능선을 가로질러 흘러가고 구름 아래로 우리가 방금 지난 온 길들이 사행천처럼 굽이굽이 끝없이 이어졌다. 바닥에는 하얗고 노란 야생화가 지천이었다.

화장실은 정면이 초록의 대자연을 향해 탁 트여 있다. 심호흡하면 초록 공기가 폐에 가득 찰 것 같다. 과연 예술이다. 상상해 보시라. 어떤 장식으로도 시시각각으로 변하는 풍경과 바람을 화장실로 끌어들이지는 못할 것이다. 이곳에서 점심을 먹고 다시 버스에 올랐다.

방비엥에 오신 것을 환영합니다

얼마 가지 않아 '방비엥에 오신 것을 환영합니다'라고 써진 대형 안내 표지판이 나타났다. 이곳부터가 방비엥인 모양이었다. 잠시 쉬어 가기로 했다. 고산 지역답게 사방으로 가파른 봉우리들이 겹겹이 둘러싸고 있다. 사람들은 높은 봉우리가 솟은 하늘을 향해 고개를 꺾고 입을 벌린 채 오므릴 줄을 몰랐다. 여기저기서 탄성이 새어 나왔다.

이때 눈이 예쁜 여자아이가 내 앞으로 다가왔다. 내가 아이의 눈을 바라보자 아이도 깊고 까만 눈으로 나를 빤히 바라보았다. 눈을 보면 그 안의 우주처럼 광활한 풍경이 궁금하다. 이 아이는 무슨 생각을 하고 있을까. 나는 아이의 맑은 눈을 통해 마음이 씻기는 기분이었다. 기억하고 싶었다. 나도 모르게 카메라를 들었다. 이때 아이 엄마인 듯 보이는 젊은 여자가 슬리퍼를 끌고 어디선가 달려 나와 알아들을 수 없는 말을 마구 쏟아 냈다. 순식간에 일어난 일이었다. 다른 건 못 알아듣겠고 '일 달라'란 말만 선택적으로 들렸다. 옆에 있던 가이드가 얼른 일 달러를 여자 손에 쥐어 주며 말했다.

— 모델료를 줬다고 생각하세요.

나는 미안한 마음이 들기도 했고 괜히 머쓱해져서 카메라를 도로 가방에 집어넣었다.

방비엥이 가까워져 오자 현지 가이드가 방비엥에 대한 대략적인 소개를 해 주었다.

— 방비엥은 산악 지대의 분지에 위치한 소박한 도시죠. 고생대에는 바다였다가 신생대에 융기 현상으로 산악 지대가 된 카르스트 지형입니다. 그래서 내륙 국가인 라오스에 소금을 생산하는 마을이 있답니다. 신기하죠? 도시 한가운데로는 쏭강이 흐르고요. 중국의 계림과 비교해도 좋을 만큼 아름답습니다. 이곳에서의 동굴 탐험은 필수죠. 기대하셔도 좋습니다.

탐험이란 소리에 귀가 솔깃했다.

우리가 묵을 호텔은 쏭강 근처에 있었다. 경치 좋은 강변으로 러브호텔이 지어지듯 쏭강 주변에는 게스트 하우스를 짓느라 여기저기 공사 중이었다. 직접 건축 자재를 등짐으로 지어 나르는 사람들도 보이고 모래와 시멘트를 두 사람이 삽으로 섞고 있는 모습도 보였다. 모든 과정이 사람의 손으로 이루어지고 있었다. 그렇게 사람의 손으로 일일이 지어졌을 호화 레스토랑과 식당 그리고 술집들이 강가를 따라 길게 자리 잡고 있다.

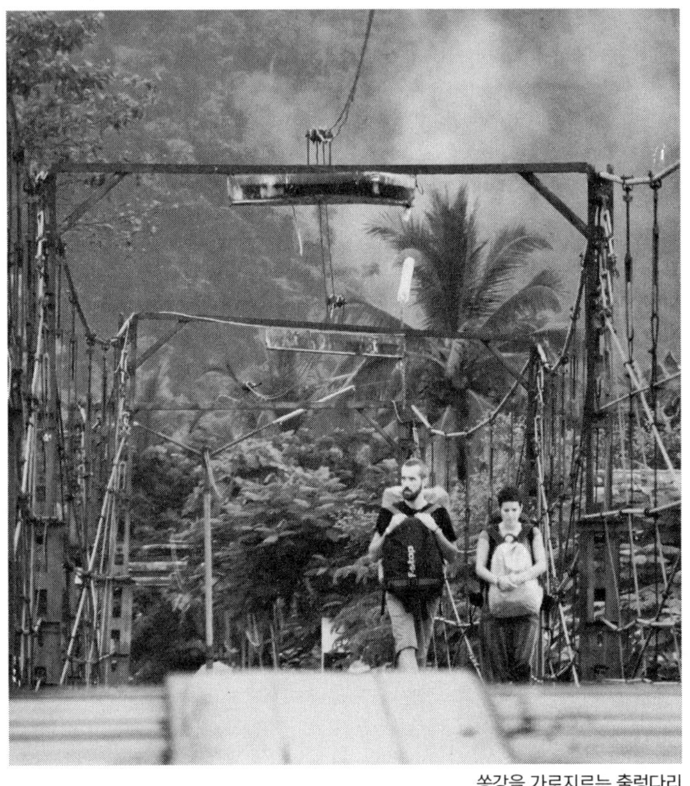

쏭강을 가로지르는 출렁다리

호텔을 나와 바로 왼쪽으로 돌자 쏭강을 가로지르는 출렁다리가 얼기설기 공중에 매달려 있었다. 호기심에 건너보려고 다가가자 파란 모자를 쓴 안내원이 나와 제지를 했다. 요금표를 가리키며 손을 내밀었다. 통행료를 받는 모양이었다. 기꺼이 요금을 지불했다. 걸음을 걸을 때마다 다리가 휘청거렸다. 조심조심 걷는데 백인 남자가 그보다 한 뼘은 작아 보이는 동양 여자와 함께 짧은 바지에 문신 가득한 팔뚝을 드러내 놓고 다리를 성큼성큼 걸어갔다. 반동으로 다리가 위아래로 심하게 흔들렸다. 나무로 만들어진 그리 튼튼해 보이지 않는 다리가 금방이라도 쏭강으로 쏟아져 내릴 것 같아 얼른 난간을 잡았다.

욕망하는 것이 행복일까 물질일까

방비엥의 거리는 대부분 여행객이 차지하고 있다. 현지인들도 관광객도 심각하게 생각하지 않고 그냥 주어진 시간을 즐기는 것처럼 보였다. 이들은 낮에는 쏭강에서 카약을 즐기고 밤이면 강가 카페에서 맥주를 마셨다. 옥이와 나는 자전거나 전동차를 빌리는 대신 동네를 걷기로 했다. 한 무더기의 노랑머리 젊은이들이 거리 한복판으로 환호성을 지르며 지나가고 나자 뒤이어 자전거와 사륜 전동차를 타고 동양의 젊은이들이 반대편으로 손을 흔들며 시끄럽게 지나갔다.

전통 목조 가옥 창틀 밑에는 색색의 꽃들이 심어진 페트병이 줄지어 있고 활짝 열린 문으로 집의 내부가 훤히 들여다보였다. 집 앞의 미니 사원에는 초가 켜져 있고 부처님께 바쳐진 음식이 놓여 있었다. 미니 사원에 우산을 받쳐 놓은 집도 있었는데 특히 장사하는 집의 미니 사원은 유독 크고 화려했다.

'이들의 소망도 혹시 대박 나게 해달라는 기도일까?'

생각하다 말고 피식 웃음이 터졌다. 욕망조차 멈춘다는 라오스에서 숨겨진 나의 욕망이 삐질삐질 새어 나왔다.

거리에서 만난 대부분의 사람은 조급해하거나 불안해하는 기색 없이 선량해 보였다. 불교 국가의 국민답게 운명을 순순히 받아들이는 것 같았다. '아무것도 바라지 않는다. 아무것도 두렵지 않다. 나는 자유다.'라는 묘비명으로 유명한 니코스 카잔차키스. 그리고 그를 대신하는 조르바. 나는 욕망하지 않는다. 그러므로 두려움이 없으며 자유라던 조르바의 말이 왜 갑자기 생각났는지 모르겠다. 카잔차키스가 한때 불교에 심취했었기 때문일까. 아무튼 이유가 없다. 그냥 그렇게 떠올랐다. 성공조차도 물질로 저울질해야만 직성이 풀리는 세상에 어느새 익숙해진 건 아닌지. '나는 무엇을 욕망하는가!' '행복'일까 '물질'일까. 행복을 가장한 물질적 풍요는 아니었는지. 문제는 항상 머리로 아는 것이 아니라 아는 것을 삶에 펼쳐 보이는 것이다. 소유할수록 행복해지는 것이라면 난 점점 더 행복해져야 옳았다.

방비엥의 밤거리

어둠이 내리자 거리는 가로등조차 꺼지고 요란하던 거리도 그림자처럼 조용해졌다. 여행자 거리만이 각종 네온으로 불야성을 이루고 추적추적 내리는 비가 여행자의 낭만을 부추기며 우리를 밖으로 유인했다. 가장 가까운 맥줏집으로 들어갔다. 허름한 비닐 천막 위로 투둑투둑 떨어지는 빗소리는 어느 악기 소리보다 정감 있게 들렸다.

우리는 얼룩진 붉은 쿠션에 몸을 파묻고 맥주를 홀짝거렸다. 고양이 한 마리가 이 테이블에서 저 테이블로 느리게 옮겨 갔다. 엄마 아빠가 일하는 사이 코흘리개 남자아이는 칭얼거리지도 않고 혼자 테이블 위에 걸터앉아 손가락으로 바닥을 긁어 댔다. 주문한 안주를 갖다 주고 남자는 아이를 안고 고양이의 등을 쓰다듬었다. 음식의 진한 향신료는 우리들의 미각보다는 후각을 먼저 공략했다. 모두 코를 움켜쥐고 악 소리를 내며 뒤로 물러앉았다.

거리로 나왔다. 밤이 깊어지자 관광객으로 북적였던 도로는 인적이 끊겼고 고즈넉한 동양의 정취를 풍기며 마을은 먹빛 어둠에 싸였다. 낮부터 오락가락하던 비는 어느새 그쳐 있었다. 나는 툭툭조차 끊긴 밤길을 여행지에서 처음 만난 사람들과 오래도록 걸었다. 여행지여서 용기가 났을까? 아니면 스쳐 지나가는 인연이기에 용기를 냈을까? 마산에서 왔다는 여자가 묻지도 않았는데 속마음을 풀어 놓았다.

— 저는 의류 프랜차이즈 가게를 운영해요. 세 개나요. 한때 외로워서 생활이 어려운 친구를 도와주려고 고용했다가 배신을 당했죠. 그 후론 사람을 못 믿어요. 누군가 다가오면 나를 돈으로 보고 접근하는 것 같아서요. 남편이랑은 오래 전에 헤어졌죠.

그녀는 말끝을 흐리며 쓸쓸하게 웃었다.

— 여행은 자주 다니세요?

엉뚱한 내 물음에 그녀가 대답했다.

— 사람을 못 믿는다는 게 가장 힘들어요. 외롭고 힘들 때마다 여행을 가죠.

여행 내내 즐거워 보이던 여자였는데 의외였다. 아무도 모르게 그녀의 외로움과 나의 외로움을 저울질해 보았다. 마음 내려

놓을 곳을 못 찾고 먼 곳까지 날아와 밤거리를 헤매는 우리는 누군가의 발길에 곧 부서져 버릴 낙엽 같았다. 달빛조차 없는 어둠은 그녀의 슬픈 얼굴과 마찬가지였을 나의 얼굴도 가려주었다. 사람에 대한 믿음은 누구에게나 쉽게 오지 않는다. 올려다본 하늘엔 별 하나 없이 깜깜했다.

물질문명의 끝

이튿날 새벽, 동네 닭들이 시끄럽게 울어대는 소리에 잠이 깼다. 문을 열고 발코니로 나가자 아침 공기가 상쾌하게 달려와 얼굴에 부딪혔다. 먼 산 아래로 흰 구름이 지나가고 바람은 알맞게 불었다. 호텔과 식당까지 임시로 만들어 놓은 가교를 통해 식당으로 건너갔다. 식당 옆으로 누런 쏭강이 흐르고 안개가 옅게 퍼져 시야가 흐렸다. 멀리 블루라군으로 넘어가는 흔들다리 위로 오토바이 한 대가 지나갔다. 안개 바람이 불었다.

아침 메뉴는 쌀국수였다. 나는 손가락으로 고수를 가리키며 "노"라고 말했다. 매콤한 쌀국수의 시원한 국물 맛은 세월이 흘러도 절대 잊을 수 없을 만큼 시원했다. 느끼하지 않으면서 매콤한 맛이 잘 끓인 한국식 잔치국수 같았다. 옥이는 빵과 커피로 아침 식사를 했다.

호텔로 돌아오는 길, 어느 집 미니 사원에 반쯤 먹다 만 사과가 썩어 가고, 그 썩어 가는 사과 한가운데 연둣빛 싹이 삐죽 얼굴을 내밀었다. 분명 반쯤 베어 문 사과였다. 그렇게 놓인 채로 얼마나 긴 시간 방치되었던 것일까? 삶은 어쩌면 썩은 사과에서 싹이 올라오는 것처럼 자연스러운 일인지도 모른다.

'아이들도 자연의 일부이므로 저절로 잘 크지 않을까.'

썩은 사과에서 올라오던 푸른 싹이 오랫동안 아른거렸다.

오전에는 오지 탐험을 했다. 아니 탐방이다. 여행자들의 거리를 벗어나 숲속 마을로 들어서자 천혜의 자연 경관이 그림처럼 펼쳐졌다. 석회암을 품은 계곡물이 옥색으로 흐르고 마을 아이들은 낚싯대를 드리우고 낚시를 했다. 낚시하는 아이들 옆으로 물소들이 떼 지어 지나가는 길은 밤새 내린 비로 온통 진흙탕길 이었다. 샌들은 자꾸 미끄러지고 벗겨졌다. 나는 아예 신발을 벗어 들었다. 맨발이 오히려 더 편했다. 밀가루 반죽보다 고운 진흙이 발가락 사이를 타고 올라와 발등을 간질였다. 덩달아 너도나도 신발을 벗었다.

장난꾸러기 뮤즈가 녹색 물감을 엎질러 놓은 듯 온통 초록빛이다. 산 중턱에 있는 학교에서 그 곳 아이들을 만났다. 키가 큰 남자아이가 먼저 영어로 인사를 했다.

— hello,

— where are you going?

소년이 내게 어디로 가느냐고 물었다. 나는 동굴 탐사를 간다고 했다. 나이는 14살이라고 했다. 먼저 영어로 말을 걸어오던 소년의 얼굴에는 어린 나이에도 기품 같은 것이 서려 있었다. 소년은 길이 험하니 조심하라는 말도 잊지 않았다. 기분이 좋아졌다. 먼저 말을 걸어준 현지인도 처음이었고 그 아이의 당당한 눈빛도 마음에 들었다. 숲 속으로 점점 깊이 들어갔다. 인적조차 끊기고 길은 좁아졌다. 비는 내리다 말다를 반복했다. 숲 속 끝에는 물질문명의 어두운 그림자가 없는, 방비엥의 아름다운 모습이 있을 것만 같았다.

짧은 만남
긴 여운

마음과 마음이 만나다

'인연이었을까?'

옥이를 처음 만난 건 비행기 안이다. 비행기 옆 좌석의 그녀와 나는 첫날부터 같은 방을 쓰게 되었다. 침대 두 개가 나란히 놓여 있는 객실은 넓고 깨끗했다.

— 어느 쪽 쓰실래요?

짐 풀 공간을 정하기 전에 먼저 침대 선택권을 그녀에게 넘겼다.

— 어느 쪽이어도 괜찮아요.

결정했다는 듯 입구에서 가까운 침대 위에 모자를 내려놓고는 객실 바닥에 아무렇게나 주저앉아 짐을 풀면서 그녀가 말했다. 이때 그녀가 침대 위로 올려놓은 책이 눈에 들어왔다. 일본 작가 나스메 소세키의 『마음』이란 책이었다. 그녀가 꺼내 놓은 책을 보자 마음에 걸어 놓았던 빗장 하나가 툭하고 떨어졌다. 얼른 가방에서 이철수의 『웃는 마음』을 꺼내 그녀를 향해 가볍게 흔들어 보이며 내가 말했다.

— 우연일까요? 여기도 '마음'입니다.

그녀는 소리 없이 활짝 웃었다. 무엇보다도 그녀가 읽고 있는 또는 읽었을 책이 마음에 들었다. 우연치고는 신기하게 내가 가져온 책과 그녀가 가져온 책 모두에 마음이란 단어가 들어 있다. 이철수 작가는 손가락의 지문에서 초록 밭이랑을 찾아내는, 생각이 유연한 작가다. 자연주의 성향을 가진 이 작가의 그림과 짧은 글들을 나는 좋아한다. 그러니까 우리가 쉽게 친해진 것은 서로의 책에 있던 '마음'이라는 단어가 그녀와 나를 이어주는 가교 역할을 했기 때문일 것이다.

옥이를 처음 본 순간 영화배우 배두나를 많이 닮았다고 생각했다. 짧은 단발머리에 커다란 눈이 순해보였다. 우리는 또래였으므로 바로 말을 놓았지만 하나도 어색하지 않았다. 첫날, 점심 식사 후, 가벼운 산책을 했다. 그녀는 길게 누워 있는 커다란 개와 눈을 맞추며 장난을 쳤다. 개를 보면 공포감이 먼저 생겨버리는 나로서는 개와 장난을 치다니 엄두도 못 낼 일이다.

첫날밤부터 마음이란 단어를 중심으로 책 이야기를 나눴다.

— 이 책 읽어봤어?

자신이 가져온 책을 보이며 옥이가 물었다.

— 아니.

옥이는 『마음』의 줄거리를 간략하게 소개해 주었다.

— 나스메 소세키의 소설 『마음』은 아주 친했던 두 사람이 한 여자를 동시에 사랑하면서 마음에서 일어나는 질투심과 자기애의 부끄러움을 적나라하게 보여주는 소설이야. 연인을 얻기 위해 친구를 배반하고 그 사실을 아무에게도 털어놓지 못한 채 평생 사회로부터 스스로 고립되어 양심의 가책으로 괴로워하는 어느 지식인의 슬프고 애절한 이야기. 사람은 누구나 한순간에 나쁜 사람이 될 수 있는 것 같아. 사람의 마음은 가변적이며 때로 이중적이어서 믿을 수가 없어.

친구를 배반하고 연인을 얻었으나 친구의 자살로 평생 괴로워하던 주인공 지식인의 마음과 나의 마음이 중첩되었다. 갑자기 힘이 빠졌다. 과연 내가 아들의 마음을 돌려놓는다 해도 평생 아들이 그것으로 인해 행복하지 않은 삶을 살며 괴로워한다면 나 역시 '마음'의 주인공처럼 사람과 담을 쌓고 평생을 죄책감에 시달리며 살지도 모를 일이다. 그건 두 사람 모두에게 있어서는 안 될 불행이며 끝나지 않을 형벌이다. 나는 아들과 잘 지내고 싶다. 내가 옥이를 만난 것이 인연이었듯이 일본 작가의 『마음』과 내가 라오스의 어느 호텔 객실 안에서 만난 것 역시 특별한 인연 같았다.

옥이는 침대 밑에 떨어진 종이를 주워 테이블 위에 있던 책 사이에 꽂으면서 말했다.

— 난 말이야. 사는 건 외롭고 쓸쓸한 일 같아. 내겐 근본적인 외로움 같은 게 있어.

옥이는 밝으면서도 진지했다.

— 나도 그래.

라고 대답하면서 옥이를 향한 내 마음이 활짝 열려 있어 놀랐다.

— 나 역시 사람들 속에 있어도 외로워, 마음을 아무리 나눠도 더 나눌 수 없는 상태, 그것은 스스로 감당해야 하는 삶의 무게라고 생각해. 그 무게는 고독하게 받아 낼 수밖에 없는 거겠지?

외로움에 익숙한 듯 체념 섞인 말투였다. 나는 대답 대신 고개를 끄덕였다.

— 강아지 좋아하니?

누렁이를 쓰다듬던 옥이가 생각나 내가 물었다.

— 난 강쥐 엄청 좋아하지 냥이두. 그렇지만 사람이 젤로 귀하다고 생각해.

강아지 이야기에 옥이의 말투는 바로 애교 섞인 목소리로 변했다. 처음 만난 내게 삶의 외로움을 털어놓던 옥이가 점점 더 궁금해졌다.

나를 만나다

몽족 마을에 이어 카무족 마을에서도 가족사진 찍어 주기 봉사 활동을 했다. 버스가 마을 입구에 도착하자 물가에서 발가벗고 물놀이를 하던 아이들이 서둘러 옷을 챙겨 입었다. 본의 아니게 우리들은 예고 없이 들이닥친 침범자가 되고 말았다. 미안했다. 보려고 애쓰지 않아도 대나무를 엮어 만든 집은 숭숭 뚫린 구멍으로 내부가 다 보였다. 살림살이라고 할 것도 별로 없이 텅 빈 공간이었다. 엉덩이를 반쯤 내놓은 채 물웅덩이에서 놀고 있는 천진난만한 아기의 옷은 이미 흙탕물이 튀어 얼룩으로 가득했다. 곧이어 형처럼 보이는 남자아이가 아기를 번쩍 안아 마른 땅 위에 내려놓았다.

모두 봉사 활동에 열중하고 있는 사이 나는 마을 구경에 나섰다. 옥이는 외딴집 처마 밑 의자에 앉아, 아기를 안고 있는 어린 아기 엄마의 팔을 쓰다듬으며 아기의 손을 어루만졌다. 아기 엄마의 팔에는 피부병을 앓았는지 여기저기 검은 딱지가 넓게 펴져 있었다. 지난밤에 그 무엇보다 사람이 먼저라고 말하던 옥이의 말이 다시 생각났다.

외딴집 소녀

큰길을 따라 천천히 걸었다. 언젠가 살았던 곳처럼 마을 풍경이 전혀 낯설게 느껴지지 않았다. 마치 마음속에 유폐되었던 나의 고향을 먼 타국에서 마주한 느낌이었다. 길가 외딴 집에서 짙은 화장을 한 소녀가 수줍게 얼굴을 내밀었다. 나와 눈이 마주치자 얼른 문 뒤로 숨어 버렸다. 어릴 적 나도 그랬다. 대문 앞에서 놀다가도 낯선 사람이 나타나면 얼른 대문 안으로 들어가 장롱 속에 숨곤 했다. 그래도 인기척이 나면 울어버렸다. 운다고 혼나면서도 왜 그리 눈물이 많았는지. 힘들어도 울고, 무서워도 울고, 속상해도 울고, 화가 나도 눈물이 났다.

문이 열리고 두꺼운 화장 밑으로 꽃잎처럼 여린 피부의 맨얼굴이 다시 나타났다. 소녀가 궁금한 나처럼, 소녀는 내가 궁금했던 모양이다. 손을 내밀어 악수를 청하자 따듯하고 촉촉한 소녀의 손이 조심스럽게 내 손을 잡았다. 서로의 눈을 보며 가볍게 두어 번 흔들고는 놓아 주었다. 말 한마디 주고받지 않았어도 두 마음은 손가락 끝에서 만나고 헤어졌다. 마치 어릴 적 나를 만나듯이. 어디에도 그녀를 만난 흔적은 없지만 분명 우리는 만났고, 만남은 손끝의 감각으로 남았다. 나는 그녀와 닿았던 손가락을 천천히 비벼보았다.

쏭강에서 카야킹

둘째 날, 오전엔 쏭강에서 카야킹을 하기로 했고 오후엔 동굴 탐사가 기다리고 있었다. 배를 타러 가는 내내 폭이 좁은 배를 타고 가다가 엎어지면 어떡하나 걱정이 되었다. 난 수영을 못하는 데다 물에 대한 트라우마도 있다. 큰집 앞에는 커다란 느티나무가 있었고 논둑을 따라 조금 걸어가면 냇물이 흘렀다. 여름방학이면 자주 냇가에 놀러 가 다슬기를 잡았다. 다슬기는 해질 녘이면 먹이를 찾아 돌 틈에서 기어 나온다. 그 날도 산 그림자가 냇가에 길게 드리울 즈음 눈을 물속에 박고 시간 가는 줄도 모르고 열심히 다슬기를 잡았다. 눈은 오로지 굵은 다슬기만 쫓느라 정신없었다. 그런데 갑자기 발이 쑤욱 빠지기 시작했다. 벗어나려고 하면 할수록 더 깊이 빠져 들었다. 주변을 둘러보니 해마다 익사 사고가 나던, 건축용 모래를 퍼낸 모래 수렁이었다. 그곳은 해마다 죽은 사람의 넋을 기리는 굿판이 한바탕 벌어지곤 하던 곳이었다. 순간 '아 죽었구나'하는 공포에 휩싸였다. 나를 도와줄 사람들은 너무 멀리 있었기에 어떻게든 스스로 빠져나와야 했다. 엉금엉금 기다시피 했다. 온종일 잡았던 다슬기를 몽땅 재물로 바치고서야 겨우 빠져나올 수 있었다. 위험 표지판도 제대로 없던 시절, 내가 기억하는 생에 첫 번째 죽을 고비였다. 그 후로 허리 이상의 물은 내게는 무조건 공포의 대상이다.

비는 오락가락하고 앞에 있는 배는 한 사람이 겨우 들어갈 만큼 폭이 좁았다. 가슴이 콩닥콩닥 뛰었다. 배가 뒤집히면 난 그냥 물속으로 맥없이 빠지고 말 것이다. 다행히 구명조끼를 입었고 안전 요원이 대동하여 노는 젓지 않아도 된다고 했다. 두 명씩 한배에 올랐다. 옥이는 사진을 찍으라며 내게 앞자리를 양보했다. 늘 남의 배려를 받는 데 익숙한 내가 조금 부끄럽기도 했다.

안전 요원이 함께 타자 겨우 안심이 되었다. 가파른 산세 밑으로 쏭강이 흐르고 주변은 적막했다. 사각사각 노 젓는 소리만 적요 속에서 몽환적으로 들렸다. 노 젓는 소리로 인해 적요는 형체와 질감을 더욱 선명하게 드러냈다. 마치 풍경 속으로 미끄러져 들어가는 느낌이었다. 한 번도 본 적 없는 비경이 시시각각 나타났다 사라졌다. 한 마리 하얀 학이 산허리를 자르고 날아갔다. 시간은 멈춘 듯 흐르고 나는 물 위를 한가롭게 떠다니며 흘러가는 풍경에 넋을 놓았다. 자연의 무질서는 사람들의 손길이 닿지 않는 곳에서 가장 아름답게 빛이 났다.

죽기밖에 더 하겠어

오후엔 동굴 탐사가 기다리고 있다. 좀 걸어야 하는 일정이다. 툭툭이를 타고 30분가량을 달린 후, 한 시간 반 이상을 더 걸어야 동굴이 있다고 했다. 난 걸을 수 있다는 말에 신이 났다. 하지만 만만한 여정은 아니었다. 길은 오락가락하는 비로 미끄러웠고 끈을 엮어 만든 샌들은 끈이 자꾸 빠져 버렸다. 인공의 것이라고는 아무것도 없는 깊은 산속에 계속 안개비는 뿌리고 사위는 어스레하여 마치 시간을 거슬러 올라가 원시의 공간에 들어선 것 같았다. 농담을 달리하는 초록이 사방에 흩뿌려져 있고 석회 성분으로 물빛마저 옥빛이었다.

동굴 입구에 닿았다. 푸른 물빛으로 그 깊이를 알 수 없었다. 알 수 없는 깊이는 내겐 살아있는 공포였다. 다시 가슴이 뛰기 시작했다. 말수도 줄었다. 그런데도 경험할 기회가 다시없을 거라는 생각 때문에 튜빙을 하기로 했다. '죽기밖에 더 하겠어' 속으로 중얼거렸다.

동굴 속은 자연 상태 그대로였다. 밧줄은 동굴 속까지 연결되어 있었고 밧줄을 잡고 동굴을 한 바퀴 돌아 나오면 끝나는 간단한 탐험이었다. 나눠 준 헤드 랜턴을 받아 머리에 썼다. 긴장감이 고조되었다. 튜브가 좀 커 보였지만 바꿔 달란 소리도 하지 못했다. 가슴 속에서는 둥둥 북소리가 울리고 혀는 연신 입술을 핥았다. '별일 있겠어?' 스스로 마음을 다독거렸다. 마침내 동굴 입구에 들어가자 이번엔 불안과 공포로 인해 머릿속이 하얘지고 물에 대한 트라우마가 위잉 작동했다. 튜브가 너무 컸고 천정은 너무 낮았다. 물은 얼음처럼 차가웠으며 운동 신경이 둔한 나는 머리의 위치를 바꾸기도 쉽지 않았다. 칠흑같이 어두운 곳에서 희번덕거리는 랜턴의 빛은 공포를 가중시켰다. 옆 사람조차 보이지 않았다. 랜턴은 벗겨지려 하고 잡은 밧줄로 인해 몸은 튜브 아래로 자꾸 미끄러졌다. 튜브를 잡은 손에 힘이 빠졌다.

— 헬프 미! 헬프 미!

참아 보려다 어쩔 수 없어 소리를 지르고 말았다. 아무도 다가오지 않았다. 아무 소리도 들리지 않았다. 차가운 물소리만 메아리로 들려왔다. 이대로 튜브를 놓치면 어쩌나 하는 공포가 밀려왔다. 그때 옥이의 목소리가 들렸다.

— 조금만 천천히 가요.

옥이는 앞에 가는 사람들에게 소리쳤다.

— 괜찮아. 괜찮아. 천천히 방향을 틀어. 이제 얼마 남지 않

았어.

낮고 침착한 옥이의 목소리가 다가와서 나를 안심시켰다. 나는 옥이의 목소리를 잡고 안정을 찾아갔다. 동굴 속에서 시간은 분 단위로 흘렀다. 일 초가 곧 일 분이었다. 긴 시간이 흘렀다. 동굴 입구가 보이고 동굴 밖은 햇빛이 가루로 부서져 내렸다. 동굴 밖으로 나와서도 옥이의 목소리는 어둠 속에서 메아리쳤다. 찔끔 눈물이 났다. 그날 이후 오후 일정이 어떻게 마무리되었는지 모르겠다.

고마워, 잊지 않을게

방비엥에서의 시간은 탄력 있게 흘렀다. 짧은 여행에서도 관계들이 생겼고 서로에 대해 불만을 말할 때면 옥이는 조용히 자리를 피했다. 그런 옥이가 난 왠지 좋았다. 돌아오기 전날, 아쉬움에 옥이도 나도 쉽게 잠들지 못했다.

— 널 만나 여행이 즐거웠어.

옥이는 여행 내내 썼던 빨간 모자를 내게 선물로 주었다. 난 여행 내내 차고 다니던 팔찌를 풀어 그녀의 두 손에 쥐여 주었다.

— 고마웠어. 잊지 않을게.

여행을 마치고 돌아오는 비행기에 올랐다. 바람처럼 지나간 시간이었다. 옥이와 난 참 많이 달랐다. 아들 현태와 내가 다른 것처럼. 먹는 것도 취향도 성격도. 서로 다른 두 사람이 길 위에서 만나 짧고도 긴 여행을 했고 아무렇지도 않게 길 위에서 헤어졌다. 담담하게 삶의 쓸쓸함을 말하던 옥이와 라오스는 하나의 추억으로 묶였다.

공항버스가 내 동네에 가까워져 오자 갑자기 눈물이 났다. 옥이처럼 '존재'만으로도 감사할 수 있을까? 여행 내내 잊고 싶었던 가족들 얼굴이 하나 둘 떠올랐다.

그리움의 거리

나를 위로하는 여행지

'벌판에서 볼일을 해결해야 하는 것과 일주일 정도 샤워를 하지 않고도 살 수만 있다면 몽골은 더없이 좋은 여행지예요.'라고 몽골에 다녀온 여행자가 내게 말하던 순간부터 다음 여행지는 몽골이 되었다. 말을 타고 초원을 달릴 때 느꼈던 바람의 촉감이 아직도 얼굴에 남아 있다던 그녀의 말을 듣는 순간, 마음은 이미 푸른 초원을 향해 달려 나갔다.

위로가 필요할 때면 오래 걸었듯이 짙은 외로움이 찾아와도 혼자 길을 나섰다. 나의 외로움은 외로움을 견뎌 내야만 극복되는 그런 것이었고 혼자 음악을 듣고, 혼자 책을 보고, 혼자 바람 부는 들판을 걷는 일은 온전히 마음이 쉬는 일이기도 했다. 베란다 창가에 앉아 아무도 없는 초원을 걷는 상상만으로도 마음이 평온해졌다. 고독조차 감미로울 것 같은 단조로운 풍경들이 나를 강하게 끌어당겼다.

대자연 앞에 서면 아무 이유 없이도 눈물이 날 것 같았다. 연암 박지원이 요동 벌판을 보고 한바탕 울만 한 곳이라고 했던 '호곡장好哭場'처럼 몽골의 초원은 나에게 더없이 좋은 '울음터'가 되어 줄 것 같았다. 아무에게도 들키지 않고 실컷 울고 난 후에 까만 하늘에 박힌 별을 보고 인생은 그런 거라고 위로받고, 아무 일도 없었다는 듯이 웃으면서 돌아오고 싶었다. 그러니까 몽골은 내가 나를 위로하기 위해 선택한 첫 번째 여행지였다.

이번에는 남편도 동행했다. 라오스 여행으로 한결 마음이 가벼워진 나와 달리 남편은 점점 더 힘들어 했다. 말은 더욱 없어졌고 얼굴엔 수심이 깊었다. 보다 못한 내가 같이 가자는 제안을 했고 남편은 순순히 나의 제안을 받아들였다. 남편 역시 떠나고 싶었으리라.

우리들의 몽골 여행을 책임질 가이드는 몽골 여성이었다. 어찌나 한국말을 잘하던지 한국인으로 착각할 뻔했다. 동글동글한 얼굴, 쌍꺼풀 없이 가느다란 눈 그리고 웃을 때마다 보이던 하얗고 가지런한 치아는 보는 사람을 기분 좋게 만들었다. 일년 중에 4개월 일하고 8개월은 전업주부로 지낸다고 했다.

— 일하는 것이 좋은가요? 살림하는 것이 좋은가요?

누군가 장난스럽게 물었다. 가이드가 활짝 웃으며 대답했다.

— 일하는 것이 더 좋아요.

일하는 동안은 시부모님이 아이들을 돌봐 준다고 했다. 어느 나라나 육아는 힘든 모양이다. 누군가 짓궂게 남편의 수입보다 많으냐고 물으니 그렇다고 대답했다. 일주일을 함께 할 일행들도 다양했다. 목사 부부가 있었고 사춘기 아들과 아들의 친구들과 함께 온 남자가 있었고 그리고 승마를 배우고 나서 직접 말을 타고 초원을 달리고 싶어 승마복까지 챙겨 온 두 가족이 더 있었다.

몽골의 수도 울란바토르는 내가 생각했던 것보다 화려하고 번화한 도시였다. 민소매에 얄상한 탑을 입고 거리를 활보하는 미모의 아가씨들이 종종 눈에 띄었다. 물가도 한국과 비슷하고 곳곳에 편의점이 있어 쇼핑하기에도 전혀 불편하지 않다. 하지만 나는 한국과 비슷한 도시를 보려고 온 게 아니다. 드넓은 초원과 사막이 보고 싶었기에 어서 울란바토르를 벗어나고 싶었다. 시내 중심가의 도로는 여기저기 공사 중이라 교통체증이 심했다.

첫날은 울란바토르 시내에 머물렀지만 이튿날은 아침 일찍 사막으로 향했다. 온종일 버스를 타고 초원을 달려야 하는 일정임에도 전혀 지루하지 않았다. 그야말로 밋밋한 풍경이 계속 이어졌고 흔한 나무 한 그루조차 보이지 않았다. 어쩌다 보이던 손바닥만 한 물웅덩이에는 더위에 지친 말들이 머리를 맞대고 동그랗게 모여 서로에게 그늘을 만들어 주었다. 그런 지혜는 누가 가르쳐 주는 것인지. 자연의 세계는 알면 알수록 오묘하다.

광활한 초원에 한 무리의 양 떼가 지나가고 나면 가젤이나 야생마들이 뒤를 이었다. 가까운 것들은 휙휙 지나가고 먼 것들은 정지 화면처럼 느리게 움직였다. 너른 유채밭이 나타났다 사라지면 푸른 양배추밭이 바다처럼 펼쳐졌다. 어쩌다 운이 좋으면 독수리가 검은 날개를 펴고 창공을 가르며 유유히 날아가는 모습을 볼 수 있을 것이다. 남편은 넋 놓고 차창 밖을 응시하고 있었고 흘러가는 풍경 위로는 햇빛이 무심하게 쏟아졌다. 남편의 마음속 풍경이 내 머리로 넘어왔다. '아마도 집으로 돌아가고 싶지 않을 거야.'

그늘 한 점 없는 초원에서 점심을 먹었다. 우리를 태우고 온 버스만이 길가에 덩그러니 놓여있다. 버스의 그림자는 쪼그라들어 땅 빈대처럼 바닥에 붙어 있고 어디선가 향긋한 냄새가 파도처럼 밀려왔다. 누군가가 “허브다.” 라고 탄성을 질렀다. 허브라는 소리에 사람들이 주변을 두리번거렸다. 사방에 보라색 꽃들이 융단처럼 펼쳐져 있었다. 바람도 없다. 소리도 없다. 그리고 지나가는 사람도 자동차도 없다. 유일한 화장실 칸막이는 우리가 타고 온 버스였다. 남자는 버스 오른편 여자는 왼편으로 결정되었다. 궁시렁거리며 휴지를 들고 사라졌던 사람들은 잠시 후 맨손으로 돌아와 버스에 올랐다.

허브향이 밀려오던 초원

버스가 다시 움직였다. 남편은 쏟아지는 햇빛을 피해 반대편 창가 자리로 옮겼다. 멀리 언덕 위 돌무더기 위에는 빛바랜 오색 천들이 바람에 나부꼈다. 마을의 수호신이자 초원의 이정표라는 어워였다. 이곳을 지나다가 돌을 얹고 어워 주변을 세 바퀴 돌면 소원이 이루어진다는데 만약 그럴 수 있다면 잠시 차에서 내려 간절한 염원을 이곳 돌무더기 밑에 묻고 싶었다. 그러면 바람결에 녹아 없어지듯 간절한 소망도 이루어지지 않을까. 가끔은 미신이라 치부하는 것에도 슬쩍 기대고 싶어진다.

모두 잠들었는지 버스 안은 조용했다. 건너다보니 남편도 반쯤 눈을 감고 있다. 핸드폰에 연결된 이어폰을 꽂았다. 노랫말이 온몸으로 흘러들었다. 차창 밖에는 푸른 초원이 강처럼 흐르고 처진 달팽이의 <말하는 대로>라는 노래의 노랫말이 가슴을 적시고 지나갔다. 처음 듣는 곡도 아닌데 갑자기 눈물이 났다. 몸 안에 갇혀있던 서러움이 볼을 타고 흘러내렸다.

'맘먹은 대로 생각한 대로 도전은 영원히 말하는 대로'

노래 가사가 마치 현태를 대변하고 있는 것 같았다. 전혀 생각지도 못한 일이었다. 반복 재생 버튼을 눌렀다. 노래가 나를 붙잡고 놓아주지 않았다. 예감처럼 몽골은 나에게 좋은 울음 터가 되어 주려는 지 한번 터진 울음은 쉽게 가라앉지 않았다. 노랫말이 나의 울음을 이끌었는지, 그냥 내가 울고 싶었는지, 먼 곳까지 날아온 사연에 대한 자기 연민인지, 그동안 말하지 못한 응어리가 한 번에 올라온 것인지 너무도 복잡했다. 남편이 옆자리에 없어서 다행이었다. 남편에게도 우는 걸 들키고 싶지 않다. 아무도 없었더라면 버스에서 내려 한바탕 통곡이라도 했을 것이다. 현태는 현태 나름대로 20대를 앓고 있는지도 모른다.

내게도 20대는 방황의 시간이었다. 열정과 패기는 20대의 특권이라지만 특권 뒤에는 커다란 불안의 그림자가 늘 함께 따라다녔다. 난 스무 살 때 인생이 실패로 끝날까 봐 두려웠는데 아들은 마음대로 못 살까 봐 두렵다고 했다. 실패를 막아 주려는 나와 실패 할 권리를 주장하는 아들이 팽팽하게 맞섰다. 나는 경제적인 성공을 이야기했고 아들은 행복을 이야기했다. 이 둘의 접점은 없어 보였다. '엄마의 응원을 받고 싶어요'란 아들의 말에 난 아무 말도 하지 못했다. 힘든 결정으로 머리가 아파오면 떠날 궁리부터 했다. 여행 주기가 점점 빨라졌다. 뭐든 되겠지 긍정적으로 생각하다가도 여전히 불쑥불쑥 화가 걷잡을 수 없이 올라오면 화를 누르기 위해 주섬주섬 가방을 챙겼다.

언젠가 지인이 말했다.

— 우리는 왜 화를 내는 걸까? 그것은 다른 감정을 숨기는 거야. 가령 질투심이라든지 분노, 또는 열등감, 패배감 이런 부정적인 감정들을 화로 발산하는 거지. 왜냐하면, 그런 마음 상태를 받아들이는 것보다 화내기가 더 쉬우니까.

그 말은 옳았다. 친구의 말대로 내 경우에도 화내기가 쉬웠다. 다혈질인 나는 종종 눌려있던 화가 욱하고 올라오곤 한다. 그러고 보면 화를 참는 것도, 내는 것도 자신을 들여다보는 거울인 듯하다. 얼마나 '잘 참느냐.'에 인간관계의 성패가 달린 것도 같다.

게르와 게르 사이

초록 들판의 하얀 게르 앞에 버스가 멈췄다. 가이드는 지나가는 길에 조카에게 선물도 줄 겸 유목민의 실제 사는 모습을 보여주고 싶어 잠시 동생네 집에 들른다고 했다. 직접 유목민의 집을 볼 수 있다는 말에 귀가 번쩍 뜨였다. 책에서만 보던 게르가 푸른 초원에 하얀 점으로 덩그러니 놓여있다. 사방을 둘러봐도 광활한 초원에 이웃이 없다. 그래서 모르는 사람을 만나도 반가운 모양이다. '게르와 게르 사이는 사람을 만나면 반가울 만큼의 거리'라던 말이 자연스럽게 떠올랐다.

우린 안주인에게서 마유주와 수테차를 대접받았다. 말 젖을 발효해서 만든 음료인 마유주는 귀한 손님에게 대접하는 음식이란다. 우리는 돌아가면서 한 모금씩 마셨다. 색은 우리의 막걸리와 비슷했지만 맛은 좀 더 발효된 듯 시큼했다.

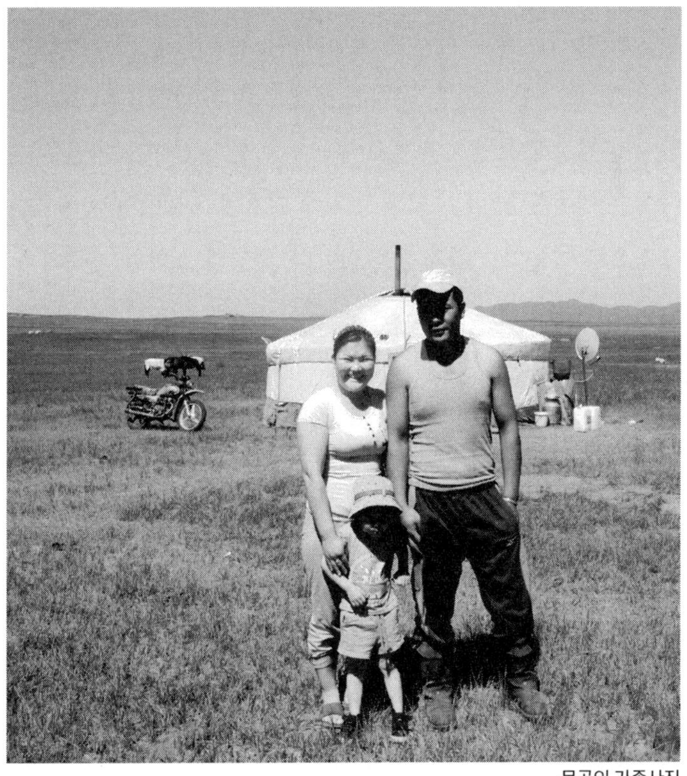

몽골의 가족사진

게르 안은 커다란 원룸이다. 거실과 침실과 주방 그리고 세면대까지 한곳에 있다. 지나치리만큼 단출하고 소박해서 캠핑 용품 같은 살림살이가 바람처럼 떠도는 유목민의 생활을 짐작케 했다. 게르 안에는 가이드의 조카인 듯한 머리가 길고 예쁘게 생긴 아이가 놀고 있었다. 여자아이냐고 물었더니 남자아이라며 이곳에서는 추위 때문에 어린아이들은 머리를 자르지 않는다고 했다. 주인 여자는 넉넉해 보였고 마흔 남짓 되어 보이던 남자는 건장해 보였으며 게르에서 놀고 있던 볼이 통통한 사내아이는 귀여웠다. 나는 너른 초원에 덩그러니 놓여있는 게르를 배경으로 이들의 가족사진을 찍었다. 풍경과 소박한 가족의 모습이 잘 어울렸다.

사랑하기 위해 조금 멀어지는 거야

저녁 식사를 마치고 자유 시간에 여행자들끼리 가볍게 맥주를 마셨다. 게르 너머로 붉은 노을이 장엄하게 펼쳐졌다. 이야기는 점점 무르익었다.

— 고2인 아들과 여행을 하시다니 대단하세요.

내가 말하자 남자분이 대답했다.

— 더 크기 전에 아들에게 추억을 만들어 주고 싶었어요. 공

부 좀 덜하면 어때요. 공부 그게 뭐 그렇게 중요합니까?

망설임 없이 내뱉던 공부가 뭐 그렇게 중요하냐는 말이 명치 끝에 턱 걸렸다. 학생이면 공부가 전부라고 생각했던 나로서는 쉽지 않을 선택이었다. 남편은 말없이 먼 곳에 시선을 두고 남은 맥주를 목으로 넘겨 버렸다. 공부 때문에 많은 것을 포기했던 지난 시간들이 주마등처럼 흘러갔다. 다시 오지 않을 시간이 아쉬움으로 다가올 때면 난 침묵할 뿐 다른 도리가 없다.

남편과 오래도록 초원을 걸었다. 아무것도 없는 초원을 바라보며 걷고 있노라니 마음이 잔잔해졌다. 지평선 너머로 붉게 걸려 있던 노을도 점점 모습을 감추고 멀리 우리가 묵을 게르에도 불이 들어왔다. 사람이 그리울 수 있는 거리인 게르와 게르 사이, 너무 멀지도 가깝지도 않은. 만나면 반가움에 덥석 손을 잡고 싶어지는, 딱 그만큼의 거리란 말이 다시 생각났다. 가족이라는 우리 안에, 우리는 너무 밀착되어 서로의 행복에 방해가 되는 것은 아닌지 곰곰이 곱씹어 보았다.

'더 많이 사랑하기 위해 사랑하는 사람과 조금 멀어져야 하는 것은 아닌지…. 멀어지는 것은 이별이 아니라 그리울 수 있는 만큼의 거리로 물러나는 거야'

— 여보, 현태가 하고 싶은 대로 하도록 놔두면 안 될까?

밑도 끝도 없이 대뜸 지나가는 말로 남편에게 물었더니 아무 대답이 없다. 본래 말이 없는 사람이지만 아직은 시간이 더 필요한 모양이다. 그래 시간이 필요하겠지. 누군가를 이해하는 데도, 사랑하는 데도, 또한 용서하는 데도 시간은 필요하다. 꼭 대답을 듣고자 했던 건 아니었다. 내 마음이 조금씩 녹아내리는 소리가 들렸다.

게르에서 새어 나오는 불빛은 점점 밝아지고 주변은 점점 어두워졌다. 게르 문을 열고 들어서자 난로에서 자작자작 나무가 빨갛게 타고 있었다. 불꽃에 굽은 그림자가 둥근 벽을 타고 어른거리고 나무를 뒤적거리자 빨간 불티가 허공으로 춤추듯 날아올랐다.

괜찮아?

테렐지에서의 승마체험

'두근두근' 심장이 뛴다. 우리가 탈 말들이 눈앞에 도열해 있다. 나는 뭐든 몸으로 하는 건 젬병이다. 결혼한 지 이십 년도 넘은 주부지만 여전히 김장철이면 채 칼에 손을 베고, 고기 썰다 손톱 썰고, 문턱 넘다 머리 찧고, 또 빙판길에 잘 넘어진다. 노래도 못한다. 도레미솔까지가 내가 높일 수 있는 음의 최고 한계이며, 운동회 때마다 100미터 달리기는 19초, 20초를 끊었다. 운전 면허증도 힘들게 땄다. 멀리 원정까지 오가며 코스마다 떨어지는 수모를 당하고 수 억의 인지세를 내고 손에 넣었다. 면허를 땄다는 기쁨보다 다시는 시험대에 오르지 않아도 된다는 것이 더 기뻤다.

그런 내가 몽골의 아름다운 국립공원 테렐지에서 승마 체험을 하려고 준비 중이다.

— 당신은 그냥 초원을 산책하는 게 어때?

나의 운동 신경을 아는 남편이 승마 체험 대신 산책을 하라고 극구 말렸다. 말을 타려고 온 곳에서 '탈까 말까'를 두고 수백 번 고민하다 용기를 냈다.

— 탈래. 안 그러면 후회할 것 같아.

말들도 사람처럼 성격이 있는 모양이다. 옆의 말은 연신 머리를 들고 좌우로 성질 사납게 흔들어 댔다. 지켜보는 나까지 불안했다. 불안에 떠는 나를 위해 가이드가 특별히 배려해 준 덕에 다행히 내게는 작고 순한 말이 배정되었다. 그래도 불안한 마음이 말끔히 가시지는 않았다. 생전 처음으로 살아 있는 생명체 등에 올라탔다. 고삐를 잡은 손에 나도 모르게 힘이 들어갔다. 자동차는 조절 가능한 기계지만 말은 살아 있는 생명체라서 처음 운전대를 잡던 날보다 더 무섭고 떨렸다.

승마에 앞서 한국말을 할 줄 아는 마부가 말 조종법을 알려주었다.

— 서고 싶으면 양 손으로 고삐를 당기고, 좌로 가고 싶으면 왼쪽 고삐를, 우로 가고 싶으면 오른쪽 고삐를 당기세요. 속도를 내서 달리고 싶으면 손을 뻗어 고삐를 풀어 주고 '추추'를 외치면 됩니다. 말이 속력을 내고 달릴 때는 엉덩이를 살짝 들어

주는 것도 잊지 마시고요. 너무 위험하게 달리지는 마십시오.

나는 아무래도 안 되겠기에 마부를 붙여 달라고 했다. 가이드는 내게 젊은 마부를 붙여 주었다. 결국 고삐는 내가 쥐고 있었지만 내 말의 조종권은 검은 카우보이모자를 쓰고 있던 건장해 보이는 젊은 마부의 손으로 넘어갔다.

괜찮아?

말이 천천히 걷기 시작했다. 바라보는 눈높이만 조금 높아졌을 뿐인데 풍경이 달라 보였다. 말의 걸음에서 전해져 오는 파동에 맞춰 몸을 앞뒤로 조금씩 흔들어 주었다. 말의 작은 움직임조차 말 등의 피부를 통해 내 몸으로 미세하게 전달되었다. 몸으로 나누는 은은하고도 비밀스러운 언어. 관능적인 언어였다. 이는 살아 있는 것들끼리 밀착해서 만들어 내는 섬세한 긴장감이었으리라.

말을 타고 내려다 본 푸른 초원이 마음마저 푸르게 물들여 버렸는지 먼 곳을 바라볼 수 있는 여유까지 생겼다. '어, 별거 아니네?'하는 순간 말이 속도를 내기 시작했다. 몸도 따라서 긴장되었다. 바람이 몸을 쓸고 지나가자 미지근한 바람의 질감이 느껴졌다. 나는 바람의 몸통을 뚫고 달려가고 바람은 제 몸이 뚫리는 저항을 내 피부에 쏙쏙 박아 놓았다.

바람의 촉감을 느낄 새도 없이 말이 점점 더 빨리 달리기 시작했다. 심장이 빠르게 뛰고 앞이 캄캄했다. 장막에 가려진 것처럼 아무것도 보이지 않았다.

— 슬로우!

나는 다급하게 소리를 질렀다. 더군다나 달리는 말의 파동으로 오른쪽 발이 발판에서 빠진다는 느낌이 들었다. 말이 달릴 때는 일어서서 발판을 눌러야 하는데 난 일어나지 못하고 바람에 창문 덜컹거리듯 말 위에서 쿵쿵 엉덩이로 말 등을 찍었다. 겨우 발 앞쪽만 발판에 걸친 상태였다. 위험했다. 그런데도 마부는 고개를 돌려 건성으로 물어보고는 바로 정면을 보고 달렸다.

— 괜찮아? 괜찮아?

'슬로우'를 외치는 내 말은 들리지도 않는 모양이다. 내가 재미있어 한다고 오해라도 했는지 도대체 속도를 내릴 기미가 없다. '이러다 사고가 나겠구나'라고 생각했다. 발을 디디고 있던 발판에서 왼쪽 발이 빠져 버렸다. 마부는 또다시 웃으며 "괜찮아?" 물었다. '괜찮아?' 소리에 그만 머리가 꼿꼿이 섰다.

— 안! 괜! 찮! 다! 구!

마부의 한 손엔 핸드폰이 들려있고 말이 끝나자마자 마부의 눈은 핸드폰 액정 위로 곧바로 떨어졌다. 어딜 가나 핸드폰이 문제다. 마부의 핸드폰을 빼앗아 저 광활한 초원 한복판으로 던져 버리고 싶었다.

— 나를 보라구!

빌어먹을 소리가 절로 나왔다.

— 노우! 스탑!

또다시 내 입에서 생존형 외마디 영어가 다급하게 튀어 나왔다. 내 목소리에서 이번엔 마부도 위험을 감지했는지 갑자기 달리던 말의 속도가 확 줄어들었다. 짧지만 내겐 긴 시간이었다. 멈추었는데도 심장에서는 쿵쿵 북소리가 울렸다.

긴 공포의 시간이 지나고 안도의 한숨을 내쉬었다. 젊은 마부와 둘이 말을 타고 나란히 초원을 걸었다. 일행이 모두 사라진 길 위로 푸른 풀들이 바람결을 따라 하늘거렸다. 위험했던 순간도 부드럽던 바람의 촉감도 그리고 말 위에서 바라다본 풍경도 모세혈관을 타고 내 몸 어딘가로 사라져 버렸다. 내 몸이 그 모두를 흡수해 버렸는지도 모른다. 몽골이 아니었다면 감히 시도조차 해 볼 수 없는 일이다. 나의 무서움 따위는 아랑곳없이 바람 속을 달리던 말의 엉덩이가 요염하게 좌우로 흔들렸다. 관능적이다. 말의 관능은 초원과 바람을 향해 활짝 열려 있었다. 나의 몸도 말 위에서 가볍게 흔들렸다. 멀리 일행들이 보였다. 이미 일행들은 장비를 다 벗은 상태였다. 마치 전쟁에서 승리하고 돌아온 개선장군을 향해 환호하듯이 남편이 활짝 웃으며 손을 흔들었다.

행복하다는 말

테렐지의 저녁은 고적하고 아늑했다. 은빛 솜털이 가득한 에델바이스가 푸른 초원에 총총 박혀있고 허브향은 어스름 속에서 저녁 공기를 타고 고양이 걸음으로 흘러들었다. 뒷산 언덕에 올랐다. 뒷산이라고 해야 나무 한 그루도 없는 언덕에 기암괴석이 드문드문 보일뿐이다. 뱀처럼 가느다란 황톳길이 몇 채의 게르를 지나 구불구불 개울가로 이어지다가 소실점 너머로 사라졌다.

— 여기 오길 잘한 것 같아.

남편이 내 손을 잡으며 말했다.

— 위험했어. 그래도 말을 탄 건 잘 한 것 같아.

나는 말에서 떨어질 뻔했던 아찔했던 순간을 이야기해 주었다.

— 말이 달릴 때는 엉덩이를 들라고 했잖아. 못 들었어?

위험했던 순간을 이야기하자 남편이 더 아쉬워했다.

— 머리로는 알았지. 그런데 정작 그 순간에는 아무 생각도 안 나더라고.

— 내가 탔던 말은 아주 잘 달렸어, 초원을 달리니까 어린 시절로 돌아간 것 같았지. 잠시 행복했어.

행복했다는 남편의 말에 깜짝 놀랐다. 정말로 함께 오길 잘했다는 생각이 들었다.

— 이제 아이들 일은 아이들에게 맡기고 자주 여행 다니자.

남편은 대답 대신 느리게 고개만 앞뒤로 끄덕였다. 오랜만에 편안하게 맞아 보는 저녁이었다.

에델바이스

‘무조건 널 응원 한다’는 말 한마디가 목구멍에 걸려 나오지 않았다. 독립은 다 큰 아이들만 하는 건 아닌 모양이다. 다 큰 자식조차 마음에서 내 보내기가 쉽지 않은 걸 보니 내게도 연습과 시행착오가 필요한 모양이다. 어느새 사위는 어두워지고 우리가 묵을 게르에 서서히 불이 들어왔다. 곧 칠흑 같은 어둠이 몰려오고 나면 하늘에는 하나 둘 별이 뜨겠지.

‘괜찮아?’ 묻던 젊은 마부의 서툰 한국말이 여전히 귀에 쟁쟁거린다. 여행지에서는 조금 무모해지기를. 그래서 무모함 뒤에 맞이하는 성취감에 흠뻑 빠져볼 수 있기를….

꿈꾸는 황혼

남은 여행을 위하여

— 어머! 내 핸드폰.

기념품 가게를 나서는데 다급한 중년 여성의 목소리가 들렸다. 사람들의 시선이 일제히 여성에게 쏠렸다. 일행인 목사 사모였다.

— 분명히 여기 핸드백에 넣었는데 모자를 구경하는 동안 핸드폰이 없어졌어요.

테렐지의 거북바위 기념품 가게에서 눈 깜짝할 사이에 일어난 일이었다. 사람들은 빠르게 모였다가 제 핸드폰을 확인하고 흩어졌다.

— 소지품 잘 챙겨주세요.

난감한 표정으로 가이드가 거듭 강조했다. 목사 부부는 그 자리에서 바로 서울에 있는 딸에게 전화해 핸드폰 정지 신청을 했다.

— 괜찮으세요?

조심스럽게 물었다.

— 괜찮아요. 이미 일어난 일 때문에 남은 여행을 망칠 순 없잖아요.

사모는 신경 쓰지 말라는 듯 활짝 웃어 보였다.

저녁 먹을 시간이 다 되어서야 숙소에 도착했다. 간이 공동 샤워실에서 겨우 샤워를 마치고 머리도 말리지 못한 채 문을 열고 돔 형태의 식당으로 들어섰다. 홀 안을 가득 메우고 있던 음악이 문을 열자 밖으로 쏟아져 나왔다. 식당 안은 이미 국적이 다른 여행자들로 만원이었고 무대에선 남자 뮤지션이 전통 악기를 연주하고 있었다. 특히 단체 관광객 주변은 음악 소리와 국적 불명의 언어가 섞여 유난히 시끄러웠다.

남편과 나는 미리 세팅해 놓은 자리에 목사 부부와 마주 보고 앉았다. 양고기와 함께 야채를 삶아 낸 몽골 전통 음식 허르헉이 주 메뉴였다. 양고기가 조금 질기긴 했어도 그런대로 맛이 있었는데 일행 중 일부는 양고기 특유의 냄새가 난다고 스테이크를 따로 시켰다. 고기를 좋아하지 않는다는 목사 부부는 가져온 누룽지에 물을 부어 누룽지탕을 만들어 먹었다.

— 여행 갈 때 누룽지와 마른 멸치, 고추장은 필수죠. 드셔 보세요.

목사 사모가 남편에게 누룽지탕이 담긴 종이컵을 건네며 말했다. 바로 이어서 고추장과 마른 멸치도 우리 쪽으로 넘어왔다.

— 고맙습니다.

나는 소리 내어 말했고 남편은 가볍게 목례를 했다. 몽골에서 먹는 누룽지탕은 구수했지만, 음식도 여행의 일부라 여기는 나는 주로 현지식을 즐긴다. 하지만 다시 한 번 강조하듯 말했다.

— 정말 맛있어요.

목사 사모가 만족한 웃음을 지었다. 낮에 있었던 분실 사고에 대해서는 이미 잊은 듯했다.

아름다운 황혼의 춤

단체 손님들이 우르르 식당을 빠져 나가자 시끌벅적하던 실내가 갑자기 조용해졌다. 일행들도 대부분 숙소로 돌아가고 남편과 둘만 남았다. 나는 양고기를 씹으며 홀 안을 가만히 둘러보았다. 창가에 있던 외국인 노부부의 테이블에서 딱 눈이 멎었다. 백발이 잘 어울리는 노부부였다. 헐렁한 초록 티셔츠에 물 빠진 청바지를 입고 있던 노신사와 헐렁한 연분홍 반팔 티셔츠를 입고 있던 노부인의 얼굴엔 잔잔한 미소가 가득했다. 창을 통해 보이는 바깥 풍경도 짙은 초록이었다. 노부부의 테이블 위로 시선을 돌리자 먹다 만 스테이크 접시와 붉은 포도주가 반쯤 담긴 커다란 와인 잔이 눈에 들어왔다. 잠복하는 형사처럼 나의 모든 신경 세포가 일제히 일어섰다. 눈앞에 펼쳐진 명화 한 장면에 눈을 고정한 채 카메라를 들었다. 셔터 소리가 한밤의 시계 초침 소리처럼 커다랗게 들렸다.

음악이 잔잔해졌다. 홀 중앙으로 노부부가 걸어 나왔다. 나의 신경 세포들도 따라 홀로 걸어 나갔다. 노신사가 부인의 허리에 팔을 두르자 부인은 노신사의 어깨에 가볍게 손을 얹었다. 그리고 나머지 손을 포개고 눈을 맞추며 블루스를 추었다. 마치 두 마리 학이 초록 들판에서 우아한 춤을 추는 것 같았다. 부인의 주름진 손이 눈에 들어왔다. 골진 주름 사이로 긴 시간이 유유히 흘렀다. 평범한 일상복 차림임에도 충분히 아름다웠다.

곡이 바뀌어 경쾌한 음악이 홀 여기저기를 찔러 대자 노부부는 몸을 풀고 제자리로 돌아가 와인 잔을 가볍게 부딪쳤다. 유리잔 부딪치는 소리가 청량하게 들렸다. 노부부는 포크와 나이프를 다시 잡았다. 꽤 긴 시간이 흘렀다. 홀엔 사람들이 군데군데 남아 있었고 노부부는 처음 봤을 때처럼 둘만의 이야기 속으로 조용히 빠져 들었다.

남편이 나가자며 내 팔을 끌어당겼다. 그때서야 정신이 들었다. 식당 밖으로 나오자 언덕 너머로 하늘은 이미 복숭아 빛으로 물들어 있었다.

하얀 게르 너머로 점점 열어져 가던 몽골의 저녁 노을보다도 노부부의 황혼은 뭉클한 감동을 안겨 주었다. 숱한 인내의 시간이 차곡차곡 쌓여 만들어졌을 노부부의 깊은 얼굴 주름은 비 온 뒤의 무지개처럼 아름다웠다.

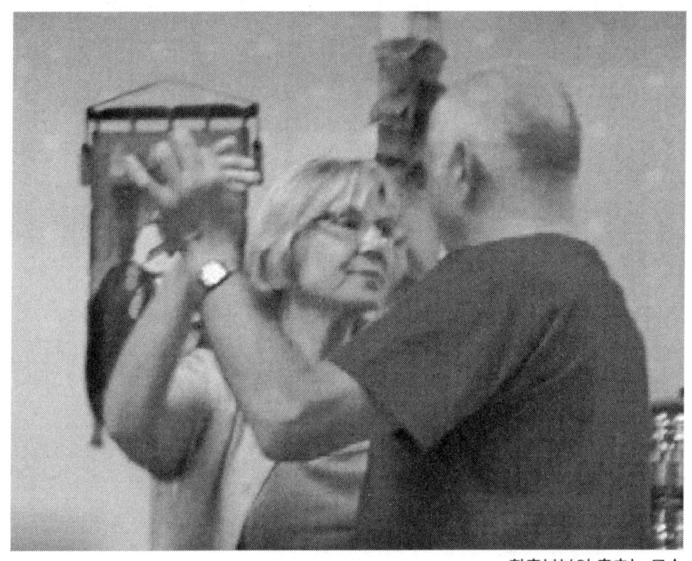

황혼부부의 춤추는 모습

문득 오래전에 본 영화 <아웃 오브 아프리카>의 석양 장면이 떠올랐다. 노을 지는 초원 위에 카렌과 데니스가 앉아 사랑과 인생과 아프리카에 관해 이야기를 나누는 장면이다. 다른 장면은 다 흐릿해지고 석양 장면만이 강렬하게 남아 노부부의 모습 위로 떠올랐다. 평탄치만은 않았을 인생의 많은 굴곡을 서로 위로하며 걸어왔겠지. 노부부의 모습은 내가 꿈꾸던 삶의 멋진 엔딩 장면이었다.

남편과 어둠이 몰려오는 초원을 바라보며 오래도록 침묵했다. 까만 침묵의 바다 위로 자잘한 생각들이 자맥질했다. 말이 거추장스럽게 느껴질 때는 그저 가만히 옆에 있어 주는 것이 최상의 위로다. 결혼한 지 20년이 훌쩍 지나 둘 다 머리에 서리가 내리기 시작했고 둘을 이어주던 아이들은 커서 둥지를 떠날 준비를 한다. 얼마 지나지 않아 둘만 남게 되겠지. 함께 있음으로 가슴 한 편이 따듯해졌다.

남편도 아마 몰랐던 자기 안의 또 다른 자신을 만나는 중인지도 모른다. 밖의 소리가 잠잠해지자 내 안에 숨어 있던 소리가 수면 위로 떠올라 가만히 속삭였다.

'옆에 있음을 즐겨, 인생은 생각보다 짧아'

행복보다도 성공을 간절히 욕망하는 건 사회적 이목에서 자유롭지 못한 나의 미성숙 때문일지도 모른다. 둘러대지 않고 인정하고 나니 오히려 후련했다.

쌍봉낙타 그리고 별

어린왕자와 사막

바람이 만들어 낸 모래 물결 사구. 사막이라는 말만 들어도 가슴이 뛴다. 모래 바람 이외엔 아무 것도 없다는 걸 아는데도 그렇다. 도시는 사람들로 가득한 사막이다. 미래에 대한 막연한 불안이 밀려올 때마다 하늘을 본다. 까만 어둠 속에 별이 있다. 서로를 부둥켜안지 않으면서 멀리 떨어져 있지도 않은 적정 거리의 별들. 외로움을 숙명처럼 안고 사는 별을 보고 있으면 슬픔과 외로움의 농도는 점점 옅어져 갔다.

하루 종일 달려 고비 사막의 끄트머리, 반사막 지역에 도착했다. 가도 가도 푸른 초원만 보이더니 멀리 떡하니 모래 언덕이 나타났다.

'생텍쥐페리가 비상 착륙한 사하라 사막이 이런 곳이었을까?'

물그림자도 보이지 않는다.

'이 곳 고비사막에서도 새벽이면 '양 한 마리만 그려줘'라며 어린 왕자가 내게 속삭여줄까. 그러면 나도 어린 양이 들어있는 상자를 그려 줘야지.'

내 마음속의 사막은 어쩌면 어린 왕자가 있던 그 곳에서부터 출발했는지도 모른다.

삶을 사랑하는가

말을 타고 천하를 호령하던 칭기즈칸의 나라에서 낙타를 마주 보고 섰다. 초원을 달리는 말이 진취적인 탐험가라면 타박타박 사막을 걷는 낙타는 고뇌하는 철학자 같다. 우수에 찬 듯 커다란 눈이 금방이라도 눈물을 뚝뚝 흘릴 것 같아 보기만 해도 슬퍼진다.

낙타 관리인의 도움을 받아 쌍봉낙타에 올라탔다. 승마와는 전혀 다른 느낌이다. 무릎 꿇듯이 앉아 있는 낙타의 등에 올라타자 낙타가 관리인의 신호에 맞춰 앞발부터 일으켜 세웠다. 마치 파도타기 하듯 몸이 뒤로 쏠리다가 땅과 수평을 이루는가 싶더니 금세 시야가 높아지면서 다시 몸이 앞으로 쏠렸다. 몸이 앞뒤로 심하게 흔들렸다. 떨어질 것 같아 무섭다. 낙타 혹을 있는 힘껏 끌어안았다.

— 혹을 너무 세게 잡으면 낙타가 사나워질 수 있어요.

안내자의 주의에 손아귀의 힘은 풀었으나 마음은 여전히 긴장 상태다. 승마의 악몽이 되살아났다.

모래 언덕에 올랐다. 낙타는 스피드가 없어서 그럭저럭 견딜 만했다. 걸을 때마다 모래 먼지가 풀풀 날렸다. 푸른 회색을 띠고 있는, 물이 그리운 풀들은 성능 좋은 녹즙기에 넣고 돌려도 물 한 방울 나올 것 같지 않았다. 그런 모래 언덕에 올라 먼 곳을 바라보았다. 바람만이 그릴 수 있는 멋진 그림이 모래언덕 너머로 펼쳐져 있었다. 발자국 하나 찍혀 있지 않다. '아름답다'라는 말 이외의 말로 나는 표현할 수가 없다. 내리쬐는 햇볕 아래 졸고 있는 시간과 우수에 찬 낙타와 무심한 하얀 모래, 그리고 거기 고독한 내가 있다.

'질긴 생명의 끈을 잡고 힘든 세월을 견디는 건 성숙해지는 거야.'

온통 모래뿐인 언덕에서 독백처럼 되뇌었다.

'나는 삶을 사랑하는가.'

사랑한다고 믿었던 날들이 스쳐 지나갔다. 하루하루 열심히 살았지만 그건 현재에 충실해서가 아니라 미래를 위한 발판이라 여겨서라는 생각이 자꾸 마음 깊은 곳에서 꾸역꾸역 올라왔다. 지나가는 시간을, 바람을, 햇빛을 몸으로 마음으로 느끼고 옆에 있는 사람을 진정 사랑했었느냐는 질문엔 말문이 막혔다.

언젠가는 이별해야 한다면 좀 더 뜨겁게 삶을 사랑할 수 있지 않을까. 생각이 여기에 미치자 사막의 풀들이 목마름을 견디듯 내 앞의 어떤 난관도 받아들일 수 있을 것 같았다. 절대 죽지 않을 것이라는 착각 속에 욕망은 날마다 자라는 것 같다. 문득 사랑받지 못하고 자랐다는 아들의 말이 늑골 깊은 곳을 찔렀다. 삶을 사랑한다면 그 안에 숨겨진 모든 것들을 끌어안을 준비가 되어 있어야 했다. 칠월의 한낮, 사막의 끄트머리에서 맛본 삶의 깊은 맛은 쓰면서 달고 떫으면서 또한 맵고 혀끝이 아렸다.

사막 위에 뜬 별

게르에 짐을 풀고 산들바람이 불어오는 초원으로 나갔다. 발원지를 알 수 없는 실개천이 쫄쫄쫄 흘러 모래 더미 속에 묻혔다. 시선을 돌리니 말을 타고 채찍을 휘두르며 빠른 속도로 달려오고 있는 몽골리안이 보였다. 명화 속으로 성큼 들어선 것 같은 착각에 빠졌다. 마음 가득 엉켜 있던 거미줄 같은 상념을 풀어 멀리 초원을 달려온 바람결에 실어 보내고 나는 몽골의 한 점 풍경이 되어 오래도록 초원을 걸었다.

모닥불

땅거미가 내려앉기 시작하자 가슴이 다시 뛰기 시작했다. 한쪽에서는 모닥불을 피울 장작을 나르느라 바쁘다. 낮의 더위는 어디 가고 사막의 밤은 초겨울 날씨처럼 추웠다. 모자를 찾아 쓰고 얇은 담요를 몸에 두르고 게르 밖으로 나왔다. 닫힌 게르 문 밖으로 희미한 불빛이 꾸물꾸물 새어 나왔다. 모닥불이 활활 타올랐다. 날아가던 빨간 불티가 허공에서 힘없이 사라졌다. 추워서 이가 딱딱 부딪쳤다.

보드카를 마셨다. 이슬 같은 독주를 마시자 내 몸에 찌르르 전기가 지나갔다. 연거푸 석 잔을 마셨다. 추위가 조금 누그러들었다. 갑자기 주변의 불빛이 모두 사라졌다. 하늘은 돌연 검은 벨벳으로 변했고 두꺼운 밤의 적막 위로 잔별들이 산발적으로 나타났다. 하늘이 마치 커다란 돔 같다. 고개를 들지 않아도 바로 앞에서 별들이 반짝였다. 하늘의 별들이 한꺼번에 초원 위로 쏟아져 내린다면 장관이리라.

나는 어둠이 두껍게 내려 앉아 있는 초원 한가운데로 성큼성큼 걸어갔다. 몸에 두르고 있던 담요를 듬성듬성 마른 풀 위에 깔고 누워 버렸다. 하늘이 빙글빙글 돈다. 비처럼 쏟아진다는 별은 쏟아지지 않고 하늘에 대롱대롱 매달려 흔들렸다. 은하수는 우윳빛으로 이쪽 끝에서 저쪽 끝으로 흐르고 실바람은 내 몸 구석구석을 훑고 지나갔다. 꿈, 마치 꿈만 같다. 유난히 밝게 빛나는 별들을 이어 나만의 별자리를 만들며 이대로 밤을 지새워도 좋으련만.

남편은 피곤하다며 일찍 숙소로 들어가 버렸고 나는 갑자기 낮에 올랐던 사막 위에서 별을 보고 싶었다. 혼자는 무섭고 누군가 동행이 필요했으므로 나는 일행들 중 고등학생들을 꼬드겼다.

— 우리 낮에 갔던 모래 언덕에 올라보지 않을래요?

나의 제안에 호기심 많은 학생이 고맙게도 기꺼이 동의했다.

— 가요.

이렇게 해서 학생 네 명과 나, 다섯 명이 핸드폰 불빛에 의지해 담요로 몸을 둘둘 말고 낮에 올랐던 사막을 향해 걸었다. 핸드폰 불빛은 겨우 발밑을 비출 뿐 두껍게 내려앉은 어둠을 몰아내지는 못했다. 눈 감고 어둠 속을 돌진하는 느낌이었다. 우린 불안한 마음으로 뭉텅뭉텅 자란 풀을 피해 조심스럽게 걸었다. 독초가 있을지도 모른다는 생각에 무섬증이 스멀스멀 등줄기를 타고 올라왔다. 하지만 돌아가긴 이미 늦었다. 멀리서 호각소리가 들리고 빨간 불빛이 명멸했다. 우리를 찾으러 온 사람들인 줄 알았는데 곧 빨간 불빛마저 사라졌다. 시계는 자정을 지나 한 시를 느리게 지나가고 있었다.

드디어 모래 언덕에 올라 바닥에 나란히 누웠다. 한밤중 고양이의 눈빛처럼 형형하게 빛나고 있는 별들. 블랙홀로 빨려 들어가는 것처럼 나는 하늘로 빨려 들어갔다. 아이들과 함께 천체망원경으로 보던 밤하늘의 신비가 손에 잡힐 듯 가까웠다. 일제히 별들이 쏟아져 내렸다. 허브향 녹아 있던 초원을 쓸고 지나가던 바람은 아직도 이리저리 몰려다니고, 초원에 뿌려진 은빛 에델바이스 위로 사막의 밤은 깊어 갔다. 여전히 닿을 수 없는, 아득히 먼 곳에서 별은 빛나고 어둠이 내린 사막 어딘가에 지친 낙타가 잠들어 있다. 그대로 잠들어도 좋으련만 모래를 뚫고 올라온 한기가 몸을 밀어 올렸다.

추위를 견디지 못해 언덕을 내려오는데 하얗게 산화되고 있는 길 잃은 동물의 머리뼈가 발 끝에 걸렸다. 영혼이 빠져 나간 자리에 구멍이 숭숭 뚫려 있다. 뼈의 주인은 지금 어디 있는 것일까. 초원을 달리던 근육질의 다리는 또 어디에 있는지. 태어나고, 살고, 언젠가는 죽고. 그사이 많은 기억은 또 어디로 흘러갔는지. 유목민의 숙명을 닮은 바람에게 물어봐야겠다.

그 곳이 어디라도

마음의 여백

계절이 바뀌거나 해가 바뀌면 중독처럼 돌연 떠나고 싶다는 생각이 밀어 닥쳤다. 여행에 대한 욕구가 막을 수 없이 부풀어 오르던 정월 어느 날, 여행자 클럽의 사진가들이 북해도로 출사 여행을 간다는 소식이 바람결에 들렸다. 추운 계절에 더 추운 곳으로 가는 여행에 무조건 동행하기로 했다. 그러니 일본 여행은 떠남을 위한 떠남이었고 잠시의 일탈로 만들고 싶은 마음의 여백이면서 다시 돌아와 건강한 일상을 맞이함을 전제로 한 것이었다.

함박눈이 펑펑 내리는 이국의 낯선 도시를 가슴에 품고, 아무런 저항 없이 세상과 마주하는 일은 상상만으로도 가슴 벅찬 일이다. 눈 내리는 삿포로에 비밀 한 두 개쯤은 묻어두고 와야지. 소로우가 말하는 '돌이킬 수 없는 단 한 번의 위대한 실험인 삶'

을 후회 없이 살아내기 위해 때로는 아무런 선입견이나 목적 없이 빈둥거릴 필요가 있다고 생각했다. 여행은 그러기에 내가 아는 가장 좋은 도구였다.

삿포로의 밤 풍경

축제가 이틀 전에 끝났다는 삿포로는 여전히 눈의 나라였다. 길거리마다 길가에 밀쳐놓은 눈들이 수북하게 쌓여 있었고 호텔은 그런 삿포로 중심가의 번화가에 있었다. 사회 초년생쯤으로 보이는 여자가 건널목을 뛰어서 건너가고 곧이어 파란 전차가 호텔 앞을 지나 오른쪽으로 커브를 그리며 지나갔다. 순간 전차에 뛰어오르고 싶은 강한 충동을 느꼈다. 무작정 전차에 올라타고 어느 한적한 곳에 내려 조용한 찻집에서 차 한 잔 마시고 다시 전철을 타고 돌아오는 일은 얼마나 낭만적인가.

호텔 객실에는 일본 전통 의상 기모노와 게다가 준비되어 있었다. 폭이 좁은 기모노는 나의 몸을 지배하려 드는 것처럼 느껴져 답답했고 성큼성큼 걷는 나를 종종걸음 치게 만들었다. 옷을 상대로 타박해 봐야 별 수 없으므로 빨리 걸으려는 마음을 포기하고 좁게 발걸음을 떼자 불편한 기모노도 그럭저럭 적응되었다. 아무래도 일본 여자들의 다소곳함은 타고난 천성이 아니라 의복에서부터 비롯된 습관인 듯했다.

삿포로의 밤거리는 어느 도시나 그렇듯 번쩍거리는 네온 불빛으로 마치 밤을 잊은 놀이동산 같다. 길가에 쌓인 눈 위로 네온이 비쳐 하얀 눈은 형광빛으로 물들었고 김이 모락모락 나는 좁은 술집 안 풍경은 밖에서도 훤히 들여다보였다. 추위를 피해 골목 술집으로 찾아든 사람들은 손을 코트 주머니에 찔러 넣고는 자라목을 하고 가게 문 안으로 사라졌다.

나는 출사 여행에서 처음 만난 여자 그리고 남자와 함께 골목에 위치한 좁은 술집에서 밤늦도록 사케를 마셨다. 통로를 지나가는 사람들의 '스미마셍' 소리에 섞여 술잔 부딪히는 소리와 잘그락거리는 젓가락 소리 그리고 주방장이 다루는 조리 도구 소리가 낮은 화음으로 어울렸다. 안주로 나온 어묵과 유부, 당면 말이 위로 이야기들이 탑을 쌓았다. 술을 아무리 마셔도 취기가 올라오지 않았다. 남자가 말했다.

— 여행지에서 마시는 술은 피로 회복제입니다. 하루의 긴장을 확실하게 풀어주니까요.

나는 반쯤 비어 있는 술잔을 비우며 고개를 끄덕였다.

— 전 혼자 여행을 다녀 혼술도 익숙해요. 사는 게 힘들다 여겨지면 훌쩍 떠나거든요.

여자가 혼자 마시는 술이란 의미의 혼술이란 말을 뱉으며 독꾸리에 담긴 사케를 내 빈 술잔에 따랐다. 술을 따르면서 여자가 남자에게 물었다.

— 일본어를 좀 하시던데 일본에 자주 오시나요?

남자가 대답했다.

— 사업 관계로 자주 오곤 했죠.

나는 둘의 대화를 들으며 '저는 눈앞의 현실로부터 도망치고 싶을 때 여행을 갔죠.'라는 말이 올라오는 입을 술잔으로 막았다. 지금은 아니라는 듯 독백은 과거형으로 바뀌어 있었다.

여자의 긴 이야기가 이어졌다.

— 작년 봄이었죠. 런던을 혼자 여행 중이었어요. 중간에 잠깐 패키지 여행팀에 합류했는데 가이드가 죽었어요. 옥스퍼드 투어 중에 저와 나란히 걷다가 쓰러졌어요. 쓰러지면서 그가 그랬어요. "나 왜 이러지? 응급차를 불러줘요." 그랬던 그가 응급차에 실려 가고 하루 만에 소천 소식을 듣게 된 거죠. 더 여행할 기분이 안 나더라고요. 그래서 런던 근교 여행객이 없는 조용한 공원을 찾아 어슬렁거렸죠. 그런데 마침 그곳이 유명한 여성 운동가가 묻힌 추모 공원이었어요. 영국에서 여성 투표권을 처음으로 얻어낸 여성이었죠. 유명한 사람이었어요. 문득 멀어지

려 해도 멀어질 수 없는 것이 삶과 죽음이구나 생각했어요. 만약 지금 우리 셋 중에 내일 누군가 없다면 믿어지겠어요? 사는 거 별거 없어요. 삶 안에 죽음이 있는 거죠. 이름 없는 가이드나 유명한 사회 운동가나 어느 순간 자기 별로 돌아가는 건 똑같아요. 그날도 혼자 늦게까지 술을 마셨어요.

그녀는 마지막 말을 농담처럼 던지며 쓸쓸하게 웃었다.

영원히 살 것 같은 삶이 어느 날 전원이 내려지듯 끝날 수도 있다는 사실은 전혀 몰랐던 사실처럼 충격이었다.

사업상 일본에 자주 드나들어 일본어를 좀 할 줄 안다던 남자도 삶이 힘들어지면 혼자 여행한다는 강단 있어 보이던 여자도 나는 부럽기만 했다. 아껴두었던 말들이 삐죽삐죽 울타리를 뚫고 빠져나오려는 것을 꾸욱 눌러 참았다. 이야기를 시작하면 밤새 해야 할 것 같아서 삿포로의 밤과 함께 묻어 두기로 했다.

한 번 높이 날아 봐

밖으로 나왔다. 라면 골목 입구에 동전통을 앞에 두고 머리를 어깨까지 기른 청년이 기타를 치며 노래를 부르고 있었다. 청년의 손가락이 움직일 때마다 마술처럼 손기락 끝에서 음악이 흘러나오고 음악 사이로 사람들이 빠르게 지나갔다. 아는 노래인 듯 남자가 흥얼거리며 걸음을 멈추었다. 여자와 나도 걸음을 멈추었다. 우리가 멈춰 서자 청년의 몸이 경쾌하게 앞뒤로 리듬을 탔다. 여자도 고개를 흔들어 장단을 맞췄다. 작은 콘서트는 우리 셋이 관객의 전부였다. 나 역시 장단을 맞추기 위해 발끝으로 바닥을 쳤다.

'살고 싶은 대로 한 번 살아보는 것도 나쁘지 않아. 한 번뿐인 삶이니까.'

거리의 뮤지션

바위처럼 꿈쩍도 하지 않던 마음이 조금씩 흔들렸다. 다른 삶의 방식 앞에서 군대에 있을 아들 녀석을 아무도 모르게 불러냈다. 환영은 못 할지라도 이제는 적어도 '지켜봐 줄게'라고는 말해 줄 수 있을 것 같았다.

— 한 번 높이 날아 봐. 지켜봐 줄게.

아들의 귀에 대고 조용히 속삭였다.

수북하게 쌓아 놓은 눈덩이 옆의 빨간 자전거는 하얀 이불을 뒤집어쓰고 마치 꿈을 꾸고 있는 듯했다. 찬 공기가 얼굴을 때리고 입에서는 하얀 입김이 밤공기 속에서 연기처럼 나풀거렸다. 눈앞에 보이는 삿포로의 모든 것들이 신선하고 감미로우며 매혹적이었다. 복잡했던 일상이 마치 먼 이야기처럼 들렸다.

그러니까 사유, 낭만, 만남, 자유… 도발 그리고 이별, 이 모든 게 내가 아는 여행이란 단어에 담겨 있었다면 실제 나의 여행에는 도피, 탈출… 도망이었다가 쉼, 희망 같은 것이 서서히 담기기 시작했다.

살아보면 알겠지

말이 상처가 되지 않을 거리

노보리베츠에서 삿포로로 이동하면서 우연히 여행 고수이신 이 선생님과 나란히 앉게 되었다. 이 선생님을 처음 만난 것은 2년 전이지만 가까이서 이야기를 나눠 보긴 처음이었다. 인자해 보이는 얼굴에는 늘 미소가 걸려 있고 말수는 적은 분이다. 그런 분이 오지의 거친 여행을 좋아하는 이유가 궁금했다.

— 선생님, 여행은 왜 다니시나요?

뜬금없는 질문에 선생님은 한참 어린 내게 깍듯이 존칭을 쓰며 대답했다.

— 모든 관계는 구속이죠. 관계가 있는 곳에 속박은 당연하고요. 저한테 여행은 관계와 구속으로부터의 해방입니다. 저는 여행을 통해 자유를 추구하죠.

선생님의 대답은 기다렸다는 듯 간단명료했다. 여행의 의미를 짧은 몇 문장으로 명확하게 정의 내리는 것이 내심 놀라웠다. 우리가 가까운 사람에게 말하지 못하는 것을 낯선 사람에게 털어놓게 되는 이유도 낯선 사람에게는 그 말이 갖는 구속력이 없기 때문이라고 했다. 선생님이 하는 말마다 가슴에 콕콕 들어와 박혔다.

사람 사이에는 믿음이 가장 중요하다. 내 경우도 그랬다. 비밀은 털어놓는 순간 구속력을 지니며 말하는 순간 비밀은 들은 사람의 몫으로 넘어가 버린다. 부고 소식에 지구 반대편에서도 모든 일정 제치고 말없이 날아오던 친구들에게 선생님도 말없이 행동으로 말한다고 했다. 얼마나 오랜 시간이 지나면 그런 믿음이 생기게 되는 걸까. 나도 모르게 가슴 속에 꼭꼭 숨겨 놓은 고민을 털어놓고 싶어졌다. 하지만 하고 싶은 말을 차마 입 밖으로 꺼내지는 못했다. 밖으로 나오지 못한 말은 꼬리에 꼬리를 물고 내게 물어 왔다

'나는 있는 그대로의 아들을 사랑한 걸까? 혹시 나의 자랑거리가 되어 주던 아들을 사랑한 건 아니었을까? 아들의 행복보다도 남에게 보란 듯이 자랑할 나의 황금빛 가면이 필요했던 것은 아니었는지.'

온몸에 가시를 붙이고 아들을 사랑이라는 이름으로 힘껏 껴

안은 것만 같아 마음이 아팠다. 보는 사람 없어도 마음 깊은 곳에서는 양심이 파르르 떨렸다.

도대체 사람과 사람 사이의 적정 거리는 얼마쯤일까. 서로를 힘껏 껴안아도 서로의 가시가 상대방의 피부에 닿지 않을 거리, 서로의 눈빛에 갇히지 않고 말이 상처가 되지 않을 거리란 언제나 오리무중이다.

선생님과 여행 이야기를 계속 나누었다.

— 산티아고 순례길을 꼭 걸어 보고 싶어요.

나의 말이 끝나자 선생님이 말했다.

— 걸어보고 싶다고 쉽게 걸을 수 있는 길이 아니랍니다. 고행의 연속이죠. 절대고독과 마주 해야 하기 때문에 누군가와 함께 한다는 것은 더욱 어려워요.

함께하면 뭐든 쉬울 줄 알았는데 힘든 여행은 서로에게 짐이 될 수밖에 없는 모양이다. 다른 사람의 짐이 되지는 말아야지. 산티아고 순례길이 마음에서 조금 물러섰다. 삶이라고 뭐 다를까 싶었다.

선생님이 싱겁게 툭툭 던지는 말마다 철학자의 말처럼 들렸다.

— 우리는 희망과 미래, 내일이라는 환영 속에 살죠. 밤에만 꿈을 꾸지 않아요. 낮에도 꿈을 꿉니다. 뿐만 아니라 희망을 미

래에 투사하기도 하죠. 그래서 때로는 희망이 고통을 지속시키는 겁니다.

공감되는 부분이 많아서 내 몸은 아마도 선생님 쪽으로 15도쯤 기울어져 있었을 것이다. 사실 내 머릿속에 존재하는 나의 미래도 늘 해가 쨍쨍했다. 미래를 위해 현재를 바쳤으므로 그래야만 정당하다고 믿었다. 그러다 문득 깨달았다.

'내가 그리는 미래가 안 오면 어쩌지?'

생각만으로도 눈앞이 아득하다. 그걸 깨닫는 순간 남은 시간은 많지 않을지도 모른다. 더불어 짙은 후회가 파도처럼 밀려온다면 그 허탈감과 상실감을 무엇으로 메울 수 있을지 난감했다.

자작나무 숲에서

한동안 침묵이 흘렀다. 힐긋 건너다 본 선생님은 눈을 감고 있었다. 차창 밖으로 눈 쌓인 언덕의 하얀 자작나무 숲이 자꾸 밀려 왔다. 설경과 어우러진 자작나무 숲은 마치 동안거에 들어간 스님의 마음자리처럼 정갈해 보였다. 하늘은 눈부시게 푸르고 자작나무 수피는 벌거벗은 여인의 피부처럼 왜 그리 또 하얗던지. 몸과 마음을 다 보이고도 한겨울의 자작나무는 의연해 보였다.

눈은 계속 창 밖에 묶여 있고 마음에는 가는 실 커튼이 쳐져 있다. 점점 내면으로 미끄러져 들어가자 마음의 소리가 들려오기 시작했다. 벌거벗은 자작나무 숲에서 보내오는 소리 같기도 했다.

'지금 여기서 행복해야지. 깊이 이해하면 사랑하게 된다잖아. 깊이 사랑하면 용서하지 못할 것도 없어.'

사랑하기 위해선 먼저 이해해야 했다. 이해할 수 없으므로 나는 날마다 힘들었는지도 모른다. 이해는 사랑하겠다는 전제 없이 쉽게 오지 않는다. 달리는 차 창 밖은 자작나무와 온통 하얀 눈뿐이었다.

어린 철학자는 없지요

눈밖에 없는 한겨울 북해도에서 마음속에 눌려 있던 말들이 앞다퉈 튀어나왔다. '선택이 많으면 자유로운가?' 매 순간 선택을 강요받는 우리는 선택으로부터 자유롭지 못하다. 선택은 그에 따른 책임을 부여하기 때문이다. 이 역시 선생님이 내게 던진 질문에 대한 나의 답이다.

가끔 내가 다른 선택을 했으면 어땠을까 하는 상상을 할 때가 있다. 지금보다 더 잘 되어 있을지, 현재보다 더 행복할지 궁금하지만 확인할 방법이 없다. 선택받지 못한 길은 가보지 않아서 확인 불가하며 선택한 길은 아직 끝나지 않았으므로 또한 알 길이 없다. 결국, 둘 다 알 수 없으므로 어떤 선택을 하든 마찬가지다. 안전해 보이는 길을 놔두고 거친 길을 가겠다는 아들을 두고 무모하다, 철없다, 나중에 분명 후회할 거다, 억세고 질긴 말들로 발길을 돌려보려 애쓰던 시간들이 공중에서 흩어졌다. 어쩌면 무수한 우연의 결과가 지금 여기이며, 더 무수한 선택의 결과로써 우리는 여기 존재하는 것인지도. 매 순간 지금이 흘러가고 있다.

머릿속에 가득 찬 생각은 오롯이 현재를 살지 못하게 한다.

'과거는 지나갔고 미래는 아직 오지 않았으며 현재 역시 찰나에 스쳐 지나가므로 우리는 사는 게 아니라 지금 이 순간만 존재하는 걸지도 몰라. 그러니 선택하지 말고 지금 내게 오고 있는 순간을 즐겨.'

자꾸 누군가 내 귀에 속삭였다.

자세를 바꾸는 기척에 고개를 돌려보니 선생님은 가방에서 뭔가를 찾고 있었다.

— 선생님 그런 지혜는 어떻게 얻어지나요?

바보 같은 질문에 선생님은 말꼬리를 길게 늘이며 대답했다.

— 어린 철학자는 없지요.

웃고 말았다. 답이 있을 리 없다.

'그래 어린 철학자는 없는 거야. 살아보면 알겠지!'

혼자 중얼거렸다.

그날 밤, 허공을 향해 치켜든 맥주잔 속의 맥주가 황금빛으로 빛났다. 슬슬 술기운이 오르자 자작나무 숲에서 들리던 소리가 또다시 마음에 잔잔한 파문을 일으켰다.

'난 사랑하기 위해 이곳에 왔는지도 몰라'

맞다. 나는 사랑할 수 없는 것들을 사랑하기 위해 무작정 여행을 떠나는지도. 닭이 먼저냐 달걀이 먼저냐의 문제처럼 모호하다. 사랑하기 위해서 이해하는 것이 먼저일까 사랑하니까 이해해야 하는 것이 먼저일까. 살아봐야겠다. 반쯤 남은 맥주를 한 모금에 넘겨 버렸다. 빈 맥주잔을 타고 하얀 거품이 미끄러져 내렸다.

삶에 정답은 없어

눈 덮인 비에이

비에이로 가는 길은 길도 들판도 지붕도 산도 온통 새하얗다. 내린 눈 위에 또 눈이 내리고, 또 눈이 내려 쌓인 눈이 사람 키보다 높다. 이곳에서 멀지 않은 곳에 영화 <러브레터>의 배경이 되었던 오타루가 있다. 과연 겨울 사진 명소다웠다. 그런데 문제가 생겼다. 함박눈이 펑펑 내리고 있는 막다른 곳에서 차가 그만 멈춰 버렸다. 눈 속에 갇혀 차는 고집스럽게도 제자리에서 헛바퀴만 돌았다. 후진 기어를 넣어도 꿈쩍도 하지 않았다. 차가 눈 속에 박히고서야 10미터 앞쯤에 돌아가라는 노란 표시판의 화살표가 하늘을 향하고 있는 것이 보였다. 표지판이 잘 안 보인 건 주변이 온통 하얀색이라 집중을 못한 탓도 있으리라. 길을 잘못 들었으니 왔던 길로 후진하는 방법 밖에는 없다. 설상가상으로 눈발은 더욱 굵어져 하늘과 땅의 경계조차 무너뜨릴 기세였다.

눈에 갇히다

큰 도로에서 한참 들어온 곳이라 도움을 요청할 마땅한 곳도 없었다. 이때 내 앞에 앉아있던 남자가 심각한 목소리로 말했다.

— 모두 내려서 차를 밀어 봅시다.

말이 끝나자마자 운전자를 뺀 일행이 모두 차에서 내려 봉고차를 밀었다. 그래도 봉고차는 돌아앉은 돌부처처럼 꿈쩍도 하지 않았다.

— 여성들도 힘을 아끼지 맙시다. 젖 먹던 힘까지 다 모으세요. 시간이 없어요.

남자의 다급한 목소리가 또다시 들렸다. 사진가들에게 시간은 아주 중요하다. 나는 사진을 놓친다는 생각보다는 이곳에서 못 나가면 어쩌나 하는 걱정이 앞섰다. 아랫배에 힘을 주고 힘껏 차를 밀었다.

— 생각보다 사태가 심각합니다. 하나, 둘, 셋 하면 다시 한 번 힘껏 밀어 보세요.

일의 심각성을 알아챈 누군가의 호소였다. 한참의 시도 끝에 겨우 차가 움직였다. 그러나 2미터 정도 움직이다 다시 멈추었다. 다시 차를 밀었다. 이번에는 멈추지 않고 큰길까지 그대로 후진했다. 그때서야 풍경이 눈에 들어왔다.

크리스마스카드 속에 껑충 뛰어 들어온 느낌이었다. 어디서 나타났는지 커다란 흰둥이가 까만 눈을 끔뻑거리며 우리를 바라보았다.

큰길로 나오자 화살표가 아래를 향하고 있는 도로 표지판이 드문드문 보였다. 눈의 나라 비에이에서만 볼 수 있는 도로의 경계를 알리는 표지판이다. 흰색의 눈밭에 노랑 초록 원색의 표지판은 마치 장난감 나라에 온 것 같은 착각을 불러일으켰다.

다음 사람을 위하여

눈 덮인 비에이에서라면 누구라도 쉽게 눈의 여왕을 떠올릴 수 있을 것이다. 어쩌면 누군가는 가와바타 야스나리의 『설국』을 떠올릴지도 모르겠다. 온통 눈으로 덮인 언덕들은 하얀 파도처럼 밀려오고, 끝없이 펼쳐진 하얀 바다 위에 나무 한 그루가 범선처럼 덜렁 놓여 있다. 모두 차에서 내렸다. 세모꼴을 하고 서 있는 나무를 사람들은 '크리스마스트리'라고 했다. 사진가들의 몸놀림이 빨라졌다. 눈밭에 엎드리기도 하고 간이 사다리에 올라타기도 했다. 나는 모두 같은 사진일텐데 이렇게까지 여러

장 찍어야 하나 생각하면서도 사진 찍기를 멈추지 않았다.

— 노을이 지면 나무에 불이 들어와.

지나가는 말에 귀가 솔깃했다. 노을이 지려면 아직 긴 시간이 남았다. 짙은 구름이 지나가자 눈빛은 어두운 진회색으로 변했다가 구름이 사라지자 다시 카멜레온처럼 은회색으로 빛났다.

시간이 지나고 사위가 어두워지자 점점 더 추워졌고, 추위에 오랫동안 노출된 사람들의 볼과 코는 이미 빨개져 있었다. 갑자기 내 카메라가 작동을 멈췄다. 고장이라도 났나 싶어 걱정하자 선배 사진가가 큰일 아니라는 듯이 말했다.

— 추위 때문에 그럴 수 있어요.

기계인 카메라도 추위를 탄다는 걸 그때 처음 알았다. 카메라를 가방에 넣었다. 나는 발을 동동 구르면서 모은 두 손에 입김을 불었다. 소용없었다. 같은 풍경인데도 사진은 빛과 시간의 예술답게 시시각각으로 분위기를 바꾸었다. 손도 얼고 발도 얼어갈 즈음 노을이 나무에 걸렸다. 정말로 불 켜진 크리스마스트리 같았다.

긴긴 시간을 참고 기다린 보람이 있다. 한동안 소리 없는 소란이 이어졌다. 기다림의 시간조차 즐기는 듯, 좋아서 하는 일이라 힘든 줄도 모르는 모양이다. 사진가들은 포토존을 돌아가면서 양보했고 다음 사람들을 위해 최대한 눈밭에 발자국을 적게 만들었다. 이들이 말하는 다음 사람이란 사진을 좋아하는 익명의 다른 사람이다. 크리스마스트리를 향해 삼각대를 세우고 몸을 낮추는 그들을 나는 멀찌감치 물러서서 마음속에 담았다.

뭐 하려 생고생을 할까 싶은 일을 즐거운 마음으로 수행하는 사람들 모습 위로, 한 방향만 고집하고 살아온 지난 시간들이 지나갔다. '삶에도 정답은 없어.'라고 마음속으로 낮게 읊조렸다.

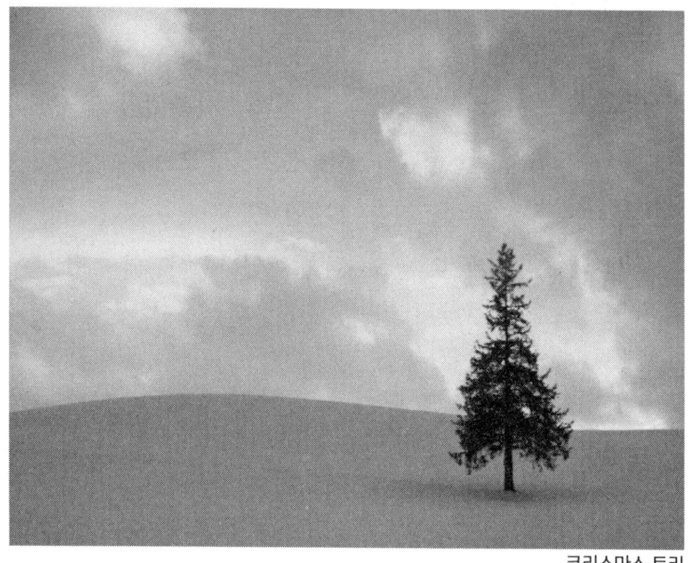

크리스마스 트리

돌아오는 길, 하얀 눈밭에 나무들이 일렬로 서 있던 곳에서 우리들도 일렬로 섰다.

— 오겡끼데스까아아.

일행 중 한 명이 영화 <러브레터>의 주인공 흉내를 내자 여기저기서 앞다투어 눈밭을 향해 "오겡끼데스까아아"를 외쳤다. 영화 장면들이 하나 둘 지나갔다. 약혼까지 했던 남자, 후지이 이츠키의 첫사랑을 질투하는 히로코가 약혼자였던 이츠키와의 심리적 이별을 고하는 장면이다. 죽은 이츠키가 들을 수 있게 하얀 눈밭을 향해 "안녕하십니까?"라고 묻는 히로코의 안부 인사가 그래서 더 가슴 뭉클하다.

— 잘 지내시나요? 나도 잘 지내요.

이제 기억에서 놓아주겠다는 슬픈 마지막 인사다. 눈밭을 향해 지나간 애인의 안부를 물으며 과거와 이별하는 히로코의 뒷모습을 한 남자가 묵묵히 바라보고 있는 장면은 그래서 더 뜨겁게 감동적이다. 지나간 과거까지를 보듬어 안는 남자의 그윽한 시선에서 나는 깊고도 진한 사랑을 보았다. 아무도 모르게 나는 이곳의 눈 속에 지난 시간을 묻어 버렸다.

대체로 첫사랑, 첫 키스, 첫 미팅,… 모든 처음은 쉽게 지워지지 않는 모양이다. 아이를 낳던 순간부터 배냇짓을 하고, 옹알이를 하고, 처음 엄마를 발음하고, 배밀이를 하고, 첫발을 떼고…. 첫아이의 많은 것들이 엄마인 내 기억 속에 공룡 화석처럼 각인되어 있다.

나는 아이에게 젖을 먹이기 위해 조각 잠을 자면서도 불평하지 않았다. 그런 나를 돌아가신 엄마는 히로코의 남자처럼 안타까운 마음으로 바라보았을 테지만, 나는 오직 내 아이만을 보고 있었으므로 엄마의 눈빛에 담긴 사랑을 알지 못했다. 이것이 사랑의 순환인 모양이다.

청년기를 맞은 현태는 거친 길을 선택했다. 길모퉁이에 무엇이 있는지 궁금하다고 했다. 난 현태가 비에이의 사진가들처럼 생고생을 할까 봐 걱정했을 뿐, 사랑하는 사람의 등을 묵묵히 바라보던 남자의 깊은 사랑법을 알지 못했다. 묵묵히 지켜보기로 했다.

'삶은 머리가 아니라 몸으로 사는 거야.'

비에이는 복잡했던 머릿속 지도를 단순하게 정리해 주었다. '삶에 정답 따윈 없어'라고 생각하니 마음이 수묵화처럼 잔잔해졌다. 사랑은 두 입술을 딸깍거려 말로 전달할 수 있는 '관념어'가 아니라 평생을 거쳐 몸으로 써야하는 가장 긴 '동사'가 아닐까. 사람이 깊어진다는 것은 마음에 우물을 간직하는 일인지도 모른다. 끝끝내 마르지 않을 우물 하나 마음 깊은 곳에 파 놓고 사막 같은 일상을 지날 때 우물에 두레박 하나 내리고, 다시 촉촉해진 심장 소리 들으며 아무렇지도 않게 가던 길 가는 것, 사랑도 그와 비슷하겠지. 행여 응석이라도 부릴까 봐 마음속에 꼭꼭 감춰 두었던 사랑을 이제는 아낌없이 풀어 펼쳐 보여야지. 비에이는 내게 조용히 사랑을 가르쳐 주었다.

그러므로 사랑 ——.

처음엔 누구나 초보

사랑 할 시간이 필요해

— 그래, 정 네가 원한다면 그렇게 해!

제대한 현태는 바로 다음 날부터 입시 준비에 들어갔다. 수능까지는 아직 몇 개월의 시간이 남아 있었다. 나는 너무 오랫동안 떨어져 산 탓에 함께 살 일이 내심 걱정이었다. 남편과 셋이 점심을 먹으며 넌지시 물었다.

— 몇 달만이라도 공부할 방을 얻어 줄까?

아들이 대답했다.

— 그럴 필요 없어요. 집에서 공부할래요. 엄마랑 아빠랑 새롭게 살아보고 싶어요.

갑자기 미안한 마음이 들었다. 현태의 말은 '우리에겐 사랑할 시간이 필요해요'처럼 들렸고 나는 '맞아. 우리에겐 사랑할 시간이 필요해.'라고 생각했다.

늙은 수험생으로 인해 하루아침에 집은 독서실로 변했다. 하지만 늦은 오후 시간이면 아들 방에선 기타 소리가 삐져나왔다. 습관처럼 잔소리가 올라오는 걸 눌러 담았다. 지난날들을 반복하고 싶지 않았다.

나의 일과 현태의 일을 분리했다. 수능은 전적으로 아들의 일이었다. 원서 접수부터 모든 걸 혼자 알아서 했다. 아들은 나를 대신해 자주 밥도 하고, 설거지도 하고, 쓰레기 분리수거도 했다. 나는 "고맙다"라고 했을 뿐 말리지 않았다. 기계가 아닌 이상 온종일 공부만 할 수는 없겠지. 시간에도 숨 쉴 공간이 필요하다.

"너는 공부만 해, 나머지는 엄마가 다 할게."했던 그때도 숨 쉴 시간을 주었더라면 이렇게 멀리 돌아오지 않아도 좋았을 텐데…. 현태의 인정 욕구는 칭찬에 인색했던 내 탓도 있는 것 같아 미안했다. 조금씩 칭찬과 긍정의 말을 늘려갔다.

— 믿어.

— 넌 잘 할 거야.

다른 사람들의 시선에도 자유로워졌다. 만나면 내가 먼저 "우리 집에는 늙은 수험생이 산다."라고 자연스럽게 반 농담을 했다.

정해진 시간은 빠르게 다가오고 현태의 공부 시간도 조금씩 길어졌다. 더운 여름이 지나고 가을이 왔고 수능을 치렀다. 전에 없이 길고 무더운 여름이었다.

엄마, 둘 다 떨어졌어

— 엄마아, 밥 줘.

조용한 거실을 지나 안방 문턱을 넘어 귀에 도달한 음파는 충격파임에도 부드럽게 들렸다. 나는 침대 위에서 돌돌 이불을 말아 안으며 대답했다.

— 알았어.

전날, 두 건의 송년 모임을 뛰느라 피로가 누적된 나는 다시 이불 속에 머리를 파묻었다. 현태의 수시 발표가 있는 날이었다.

잘못 듣지 않았다. "엄마, 밥 줘" 이 말의 실제 소리는 "엄마, 나 떨어졌어."란 말이었고 잠결에 들려온 소리는 '마'의 소리를 길게 내 뽑아 일상적인 언어의 형식을 취함으로써 나는 마치 오독을 하듯 듣고 싶지 않은 소리를 무심하게 받아넘겼을 뿐이다. 딱 그 아들의 그 엄마다. 그러나 아무리 듣고 싶지 않은 소리였어도 사실은 사실이었다. 나는 침대 밖으로 나와 거실로 곧장 향하다가 방향을 틀어 괜히 냉장고 문을 열었다. 썰렁한 냉기가 얼굴을 때렸다. 마시고 싶지도 않은 찬 우유를 유리잔에 따르면서 지나가는 말처럼 현태에게 물었다.

— 언제 발표 났어?

아무렇지도 않게 남의 일처럼 현태가 대답했다.

— 어제 났나 봐. 나도 지금 봤어.

처음엔 누구나 초보

조용한 오전을 보냈다. 차라리 일 년 재수를 시킬 걸 그랬나 하는 생각이 잠시 지나갔다. 이때 현관문 열리는 소리가 났다. 운동 갔다 현태가 돌아 온 모양이었다. 난 여전히 소파에 붙어 있었다.

— 엄마, 괜찮아요. 우리 드라이브 가요.

면허 딴 지 딱 삼일 된 현태의 말이었다. 자기가 괜찮다는 건지. 떨어졌지만 괜찮다고 나를 위로하는 건지. 아무튼 그 소리는 현태가 아닌 내가 할 소리였다.

— 그러자.

나 때문에 혹시라도 마음 쓸 현태를 생각해 세수도 안 한 얼굴에 모자를 눌러쓰고 자동차 키를 챙겼다.

내 차는 늘 지하 주차장 입구, 기둥에 바짝 붙어있다. 운전석으로 향하다가 걸음을 멈추고 키를 현태에게 넘겼다.

— 너 잘 할 수 있겠어?

— 엄마, 걱정도 습관이에요.

겉으론 웃고 말았지만 속으로는 어느 정도 인정했다. 난 없는 걱정도 만들어서 하는 편이다. 넘어지면 어쩌나, 잘못되면 어쩌나, 사고가 나면 어쩌나, 잃어버리면 어쩌나, 혹시 집에 도둑이 들면 어쩌나, 밤길에 무서운 사람을 만나면 어쩌나 … 집을 비울 때면 현관문이 잠긴 것을 확인하러 자주 일층에서 다시 올라오곤 했다. 그러면 애들은 '악' 소리를 냈다.

차가 움직이기 시작하자 내 몸이 위축되기 시작했다. 곧바로 현태가 핸들을 꺾었다.

— 야! 야야! 여기 오른쪽 부딪히잖아. 멈춰! 넌 초보야!

— 처음엔 누구나 초보예요.

— 하룻강아지 범 무서운 줄 모른다더니, 운전은 곧 생명이야.

심장이 건포도처럼 쪼그라드는 것을 경험하고서야 겨우 지하주차장을 빠져나왔다.

차가 자꾸 한쪽으로 붙었다. 조수석에 앉아서도 나의 오른발은 연신 없는 브레이크를 밟았다. 얼마 전까지만 해도 입시 문제로 곤두섰던 머리가 이제는 생사 문제로 곤두섰다. 마음을 놓을 수가 없다. 길이 구불구불 이어졌다.

— 아들, 코너링이 좋아야 진짜 운전 잘 하는 거야. 부드럽게.

어디서 생긴 여유인지 그 와중에 농담까지 나왔다.

금요일 오후, 호수공원의 주차장은 텅 비어 있었다. 여유 있게 주차를 하고 호수가 보이는 언덕 앞에 섰다. 아들과 함께 말없이 호수를 바라보았다. 햇빛을 받은 물비늘들이 은빛으로 반짝였다. 맥주 생각이 간절했지만 맥주를 마시고 현태가 운전하는 차를 탈 용기가 없었다. 오래도록 호수만 바라보다 발길을 돌렸다. 분명 주차할 땐 텅 비어 있었는데 내 차 옆에 흰색 SUV 차가 보였다. 나는 아들에게 "키!"라고 말했다. 하지만 아들은 운전석으로 가며 "잘 할 수 있어요"라고 말했다. '믿어 보기로 하자. 여긴 주차장이니까!' 차에 올라 안전띠를 맸다. 현태가 시동을 걸었다.

— 옆에 차가 있어. 후진 기어를 넣고 천천히 그대로 뒤로 빼!

— 알았어요. 염려 마세요.

— 야! 핸들 틀지 말라고! 걸려!

말이 끝나기가 무섭게 찌이이이익 소리가 났다. 상황이 심각하자 목소리가 차분해졌다.

— 어때? 긁혔어?

— 네.

— 그럼 다시 앞으로 원상복귀 해.

사고 처리를 위해 보험사에 전화하고 한동안 말을 아꼈다. 사고 처리 담당자가 곧장 출발해도 30분쯤 걸린다 했다. 사고 차량은 전화번호가 없어 무작정 기다려야 할 판이었다. 기껏 참았던 잔소리가 눌린 채 올라왔다.

— 넌 인생도 운전도 초보야. 말 좀 듣자! 응?

넉살좋게 현태가 대답했다.

— 다 실수하면서 배우는 거죠.

내가 할 말을 매번 자기가 하는 아들 때문에 웃음이 났다.

'하긴 이미 난 사고를 어쩌겠어.'

이미 벌어진 일에는 관대해지기로 했다.

사랑을 연습중이다

남자 두 분이 우리에게 다가왔다. 한 분은 작고 한 분은 키가 컸다. 직감적으로 차주가 틀림없다고 생각하고 인상부터 살폈다. 다행히 신사처럼 보였다. 험한 꼴은 당하지 않겠다는 안도감이 들었다. 서너 걸음 다가가 미리 아는 척을 했다.

— 차주 분이세요? 미안합니다. 제가 차를 긁었어요. 보험사

에는 연락했어요.

신사가 말했다.

— 다치신 데는 없나요? 제 차는 수리하면 됩니다. 차야 신발 같은 거니까 걱정하지 마세요.

몇 번의 접촉 사고로 험한 꼴을 당해 본 적이 있는 나는 싫은 소리 한마디 없는 의외의 반응에 오히려 어리둥절했다. 인생의 스승은 도처에 있다. 그래. 차는 신발 같은 거니까. 얼마 후, 신사는 내게 명함을 주고 사고 접수 번호를 받아 떠났다. 떠나면서 당부의 말을 잊지 않았다.

— 놀라셔서 이차 사고로 이어질 수 있으니 조심하셔요.

현장에 보험사 직원이 와서 사진을 찍고 몇 가지 서류를 챙겨 떠났다.

— 이제 엄마가 운전할게!

현태에게 키를 달라고 손을 내밀었다. 키 대신 아들의 말이 손바닥에 내려앉았다.

— 한 번 사고 났다고 긴장하면 운전 못 배워요. 타세요.

어이가 없으면서도 그 당당함이 싫지 않았다. 이차 사고로 이어질 수 있으니 조심하라는 말은 아마도 나에게만 들렸던 모양이다. 나는 조수석으로 돌아가면서 외쳤다.

— 고!

여전히 내 차의 앞 범퍼에는 그 날의 흔적이 남아 있다. 아들 현태에게 운전이 처음이었듯이 내게도 인생은 처음이라서 온갖 불협화음이 생겼던 것은 아닌지. 대신 살아줄 수 없기에 서로를 사랑이라는 이름으로 꼬옥 안아줄 수 있을 뿐임을 이제는 알 것 같다. 사랑에는 이유가 없다. 사랑할 수밖에 없으므로 사랑한다는 사실만이 사실이고 이유다. 누구도 내게 사랑하는 법을 가르쳐 주지 않았지만, 필연적으로 나는 사랑하는 사람을 통해 사랑을 연습중이다.

'꼭 성공해야 하나요?'라고 묻던 아들에게 이제는 말해줄 수 있을 것 같다.

— 성공하지 않아도 괜찮아. 네가 행복하다면.

집착을 버리고 자유를 얻었다

'꺾인 날개가 다시 돋아나고 닫힌 꽃잎이 새롭게 활짝 피어나기를….'

가장 친한 친구

이사 하는 날

소라가 회사 근처로 이사하는 날이었다. 그런데 갑작스러운 이사 결정으로 오래전에 친구들과 만나기로 한 내 약속과 일정이 겹쳐 버렸다. 여럿이 어렵게 잡은 날이어서 취소도 쉽지 않았다.

— 미안해, 소라야. 이삿짐만 내려 주고 엄마는 친구들 만나러 갈 거야. 오래전에 한 약속이라 어쩔 수가 없다.

소라의 얼굴에 아쉬운 빛이 살짝 지나갔다. 성인이 되었다고 떼를 쓰기는 뭣한 모양이었다.

친구들은 계속 문자로 어디쯤 오는지를 물었고 나는 물음에 쫓기듯 정말로 이삿짐만 내려놓고 친구들을 만나러 인천으로 향했다. 예전 같았으면 꿈도 꿀 수 없는 일이다. 모두가 성인이 되었으므로 가족 안에서도 '너만' 또는 '나만' 행복한 건 서로 피하기로 했다.

현태와 함께 살 때는 몰랐는데 소라가 혼자 독립한다 생각하니 대견하기도 하고 듬직하기도 했지만, 한편으로는 너무 빨리 어른이 된 것 같아 아쉽기도 했다. 또래보다 빠르게 시작되는 소라의 직장 생활 앞에서, 어려서는 뭐든 느리다고 괜한 걱정을 하던 내가 떠올랐다. 생각해보면 걱정으로 달라진 건 아무것도 없는데 그때는 왜 그렇게 조바심을 내고 걱정을 했는지….

잘 살아남아라

소라의 사회생활은 수원에서 시작되었다. 인턴으로 잠시만 있을 예정이라 시설보다는 안전에 신경을 써서 큰길가의 오피스텔을 얻었다. 낡고 오래된 오피스텔에서 침대도 없이 맨바닥에 이불을 깔고 소라와 첫날밤을 보냈다. 싱크대 밑으로 바퀴벌레 한 마리가 재빠르게 지나갔다. 놀란 소라가 기겁하며 내게 달려들었다.

— 난 세상에서 벌레가 제일 싫어.

나는 아무렇지도 않은 듯 임시방편이나마 휴지로 싱크대의 구멍을 막았다. 그리고 약국에서 바퀴벌레약을 사서 군데군데 놓아두라고 일러두었다. 소라 얼굴에 다시 어두운 그림자가 지나갔다.

나는 바퀴벌레가 돌아다니는 좁은 공간에 혼자 남겨질 소라를 생각하며 밤새 뒤척거렸다. 블라인드도 없는 창문으로 건너편 학원가의 불빛이 늦게까지 스며들었다. 잠이 오지 않는 눈으로 검은 그림자가 어른거리는 방 여기저기를 더듬다가 현관 앞에서 눈이 멎었다. 빈집에 혼자 들어오는 것도 곧 익숙해지겠지. 내가 그랬던 것처럼 소라도 조금씩 껍질을 깨고 어른이 될 거라고 믿기로 했다. 언제까지 품에 끼고 있을 순 없는 일이었다.

새벽녘에 겨우 잠들었다가 부스럭거리는 소리에 눈을 떴다. 집이라면 잠을 붙잡고 여전히 침대에서 뒹굴 시간에 소라가 출근 준비를 했다. 나는 누운 채, 제 새끼를 절벽에서 밀어뜨리는 사자의 심정으로 소라의 뒷모습을 지켜보았다.

'잘 살아남아라.'

속으로 중얼거렸다.

껍데기 같은 집을 빠져나와 소라와 나란히 낯선 거리를 걸었다. 정거장에 버스가 왔는데도 타지 않고 그냥 보내며 소라가 말했다.

— 엄마, 같이 살면 안 돼?

소라의 말에 웃으며 단호하게 대답했다.

— 안 돼.

십여 분이 지나고 다음 버스가 도착했다. 출근 늦을라. 나는 소라에게 어서 타라고 등을 떠밀었다. 버스에 오른 소라의 눈과 내 눈이 그 중간 어디에서 만났다. 그리고 버스는 떠났다.

'소라는 어른이 되는 연습 중이야. 지금은 바퀴벌레 한 마리에도 벌벌 떨지만 3개월 후에는 바퀴벌레쯤은 아무 문제도 아니겠지. 서서히 책임이란 것도 알게 될 테고…'

객지에 딸을 두고 집으로 돌아오는 발걸음이 무거웠지만, 세상으로 나가기 전 예방주사라 여기기로 했다. 누구나 한 순간에 어른이 되지는 않는 법이니까. 어른으로 성장해 가는 소라를 보며 지난 인도 여행을 떠올렸다.

너의 최고의 보호자는 너란다

소라가 대학교 2학년 때였다. 매스컴에서는 인도로 여행 간 배낭여행객의 사고 소식을 잊을만하면 보도했다. 주로 혼자인 여행자나 여자들끼리 온 배낭여행객이 범죄의 주 대상이었다. 지저분한 곳으로만 알고 있던 인도가 무법천지라는 불명예까지 떠안고 말았다. 그런데 하필 그런 인도에 가겠다고 했다.

— 엄마, 나 인도에 갈 거야.

나는 극구 말렸다.

— 왜 사건 사고가 끊이지 않는 인도냔 말이야. 안 돼!

겁을 주었다. 그러나 소라는 포기하지 않았다. 남학생 한 명과 딸 포함 여학생 둘이 한 팀을 꾸려 떠났다. 주변 사람들이 더 걱정했다. 나는 걱정의 말들을 애써 흘려들었다. 어차피 소라는 떠났고 걱정한다고 달라질 건 없었으니까. '나보다 똘똘하니까 잘 지내다 오겠지. 세상 사람 모두가 불안해해도 나는 믿어야지. 모든 경우는 다 처음이야.'라고 생각했다.

이튿날 새벽 함께 간 남학생 엄마에게서 전화가 왔다. 출발 후 아들과 전혀 연락되지 않아 걱정도 되고 궁금하기도 했던 모양이었다. 내가 해 줄 말은 한마디밖에 없었다.

— 믿으세요.

새벽 6시 40분쯤 소라가 보낸 카톡이 도착했다.

— 여기는 델리 공항,

믿으라고는 했지만 나 역시 마음이 편치 않던 차였다. 딸의 톡을 받고서야 안심이 되었다. 그리고 저녁 8시경 다시 톡이 왔다.

— 엄마, 바라나시에 무사히 도착했어. 이곳은 생각보다 깨끗하고 안전해. 이틀 만에 처음 씻었고 게스트 하우스 주인이 한

국인이야. 다 좋은데 날씨가 너무 더워.

나도 톡을 넣었다.

— 고마워.

딸에게서 다시 톡이 왔다.

— 뭐가?

— 그냥 다.

정말로 그냥 모든 게 다 고맙고 감사했다. 아마 내 앞에 누구라도 있었다면 나는 두 손을 합장하고 '나마스테'라고 읊조렸을 것이다. 어디나 사람이 사는 곳인데 비슷하겠지. 날마다 나는 멀리서 딸에게 응원의 메시지를 보냈다.

'딸아, 무소의 뿔처럼 혼자서 가라. 너의 최고의 보호자는 바로 너란다. 오지 않을지도 모를 일로 너무 많은 것을 포기하지 않기를, 아직 확실하지 않은 일로 마음 졸이는 일이 없기를…' 이것은 걱정이 많은 내게 하는 말이기도 했다.

이렇게 세상에서 엄마가 제일 싫다던 딸은 서서히 묻지 않아도 많은 것을 아는 세상에서 가장 친한 친구가 되었다. 옷 입는 스타일과 성격, 어떤 대목에서 화를 내고, 어떤 대목에서 크게 웃는지, 어떤 영화를 좋아하고 어떤 스포츠를 싫어하는지, 어느 계절을 좋아하고 또 싫어하는지, 고기쌈은 어떻게 싸서 먹는지… 여러 방면의 취향까지도 아는 우리는 만나면 쇼핑도 하고, 심야영화도 보고, 아주 가끔 막창집에서 소주도 마신다. 딸은 날 닮아 곱창, 냉면, 쫄면, 그리고 질긴 고기류를 좋아한다. 거친 여행을 좋아하는 것까지 닮았다.

명절이면 주방에서 종일 일만 하는 나에게 다가와 "엄마는 왜 일만 해?"라고 묻던 어린 딸은 어느새 훌쩍 자라 나의 가장 친한 친구가 되었다.

봄이 와 버렸어

불량주부에서 모범주부로

새벽과 아침을 구분 짓는 것은 벽에 걸린 둥그런 시계가 아니라 시끄러운 소리다. 달그락거리는 소리와 함께 아침이 시작된다. 아침이 깊어질수록 소리도 커진다. 빨간 밥솥에서 치이익 김빠지는 소리가 나고 프라이팬에서 타 다다닥 기름 튀는 소리를 내며 고등어가 익어 가면 우리 집 아침은 절정에 이른다. 샐러드 접시에 담긴 깻잎, 상추, 양상추, 방울토마토는 오리엔탈 소스를 맞을 준비를 하고, 갓 씻어 물기를 머금은 오이, 고추, 당근은 그 싱싱함이 눈이 부시다. 간장 종지보다 조금 큰 밥공기가 식탁 위에 놓여 있고 수저와 젓가락이 식탁과 부딪치며 경쾌한 소리를 낸다.

주부답게 살림한 게 언제 적 얘기인지 까마득하다. 그야말로 무늬만 주부인 불량 주부가 최근 들어 모범 주부 흉내를 내느라 정신이 없다.

독박 육아를 감당하며 힘들었던 시절도, 성난 파도처럼 들이닥쳤던 아이들의 사춘기도 지나가고 식구라고는 남편과 나, 달랑 둘만 남자 반찬은 해도 매번 남기 일쑤였다. 당연히 주방으로부터 멀어졌다. 부실한 반찬 탓인지 나를 배려해서인지 언제부턴가 남편은 저녁조차 밖에서 해결하고 들어왔고 나는 소리 없는 쾌재를 불렀다. 겨우 한 끼 같이 먹는 아침도 서로 다른 걸 먹었다. 나의 아침은 커피와 요플레였고 남편의 아침은 겨우 걸인의 찬을 면한 수준이었다.

그러다 어느 날, 남편이 발병했다. 덜컥 겁이 났다. 의사는 간염 보균자였던 남편이 50세를 넘기자 면역력이 떨어지면서 세균이 활성화됐다고 했지만 잦은 외식도 한 몫을 한 것 같아 마음이 편치 않았다. 일주일 동안 입원하는 바람에 그해 시골에선 큰아들 내외가 빠진 조용한 추석을 보냈다.

함께 나누지 못 하는 미안함

남편의 몸은 일 년 단위로 나 좀 봐 달라는 신호를 보내왔다. 꼭 일 년 뒤였다. 걱정했던 위와 대장은 멀쩡한데 담석증이라 수술을 해야 했다. 그 정도는 수술 축에도 못 낀다지만 수술은 수술이라 전신마취에 대한 부담감과 함께 깊은 시름에 잠겼다. 함께 나누지 못하는 미안함과 그동안 받은 보살핌에 대한 고마움이 한꺼번에 밀려들었다.

오후 세 시쯤 병원에 입원했다. 수술이야 어렵지 않은 수술이라지만 합병증에 대한 얘기를 들을 때는 용기가 필요했다. 병실을 나와 남편과 근처 공원 산책길에 나섰다. 공원 입구에 들어서자 중앙의 너른 잔디밭과 끝없이 펼쳐진 하늘이 시야에 들어왔다. 산책하는 내내 남편은 내 손을 만지작거렸다. 이런저런 생각이 많은 모양이었다. 가을 냄새가 엷게 밴 어스름 저녁 공기가 피부에 닿자 옷깃을 여몄다. 서쪽 하늘에는 일찍 나온 개밥바라기별이 반짝였다.

산책을 마치고 남편을 병실에 남겨둔 채 주차장으로 갔다. 자동차 앞 유리의 단풍 반영을 보자 케케 묵은 추억 하나가 떠올랐다. 신혼 초, 출장 갔다 돌아온 남편이 갑자기 선물이라며 식탁 위에 작은 보석함을 내놓았다. 주방에서 밥하고 있던 나는 고무장갑을 낀 손으로 상자를 열어보았다. 큐빅이 커다랗게 박힌 금반지가 샛노랗게 웃고 있었다. 그 순간 엔돌핀이 천장을 뚫었을 것이다.

— 오늘이 무슨 날이야?

기쁨에 차서 묻는 내게 남편이 심드렁하게 대답했다.

— 그냥 샀어.

— 에이, 솔직히 말해봐. 무슨 날이지?

본래 말이 느린 남편은 대답 듣기를 포기하고 돌아서는 내게 말했다.

— 그거 오천 원짜리야. 진짜라고 생각하고 끼고 다녀.

와장창 천장 무너지는 소리가 났다.

— 뭐라고? 진짜라고 생각하라고?

다시 보석 상자를 열어 확인했다. 진짜보다 더 진짜처럼 반짝반짝 웃고 있는 금반지를 보자 픽 헛웃음이 났다.

결혼 후 처음 받은 선물이었고 또 다분히 남편다운 선물이어서 몇 번의 이사에도 차마 버리지 못한 반지였다. 반지는 제 기능을 못 하고 빛을 잃고 이곳저곳으로 옮겨 다니다 결국 최근에 잃어버렸다. 그랬던 우리가 벌써 황혼 길에 접어들다니. 인생의 중요한 순간들은 바람처럼 너무나 빠르게 지나가 버리고, 지나간 시간은 봉인되어 추억 속에 아련히 잠든다. 부부란 몇 겁의 인연으로 만나는 것일까. 한때 영롱했던 시간을 꺼내 머무르면서 애틋한 연민과 더불어 짙은 회한에 젖었다.

주치의 선생님이 오후에 수술한다 하시더니 오전 10시에 수술이 잡혔다고 문자가 왔다. 서둘러 병원으로 달려갔다. 병실에 들어서는데 돌아누운 남편의 뒷모습이 외로워 보였다. 측은지심이 확 올라오는 것을 억누르고 남편의 엉덩이를 가볍게 쳤다. 고개를 돌려 나를 보더니 남편이 환하게 웃었다.

— 잘 하고 와. 기다릴게.

수술실 상황을 알리는 화면에서 눈을 떼지 못했다. 준비 중 화면이 길고도 길었다. 30여 분의 수술 시간이 끝나고 또 그만큼의 시간을 회복실에서 보낸 남편이 수술실 밖으로 나왔다. 편안해 보이는 얼굴을 보자 가슴을 쓸어내렸다. 병실로 옮겨진 남편은 가래도 뱉지 않고 숨도 고르고 제법 말도 했다. 그때야 시골에 전화를 드리니 어머님이 전화기를 붙잡고 말없이 한참을 우셨다. 얼마나 마음 졸이셨을까. 어머니의 우는 소리에 그만 나까지 울컥했다.

돌아 온 봄

수술 후, 몸이 빠르게 회복했다. 운동하라고 날마다 잔소리를 해도 한 귀로 듣고 한 귀로 흘리던 남편이 건강에 적신호가 들어오자 적극적으로 변하기 시작했다. 건강한 몸을 위해 식생활도 바꾸었다. 주방에선 자주 밥이 끓고 국이 넘친다. 오랜만에 아이들이 집에 와도 고기를 줄이고 야채를 대폭 늘린 집밥을 먹였다. 밥이라고 다 같은 밥이 아니다. 돈을 벌기 위해 지은 밥과 건강을 위해 지은 밥이 같을 수 없다. 세 끼 모두 남이 해 준 밥을 먹는 아이들에게 집에서조차 남이 지은 밥을 먹이고 싶지 않았다. 서서히 결과가 눈에 보이기 시작했다. 혈압이 거짓말처럼 뚝뚝 떨어졌다. 남산만 했던 배는 점점 낮아졌다.

긴 겨울이 끝나고 아파트 화단에 매화꽃이 피었다. 아침에 일어난 남편이 갈치가 먹고 싶다고 했다. 그런데 선뜻 내키지 않는지 몸이 못 들은 체 했다. '나중에'라고 대답하려다가 주방으로 갔다. 괜히 나이 들어 먹고 싶은 것도 못 먹나 하는 안쓰러운 생각이 나를 일으켜 세웠다. 냉장고에서 포장 갈치를 꺼냈다. 은빛 비늘을 걷어내고 부침가루를 입혀 잘 달궈진 프라이팬 위에 놓자 지글지글 맛있는 소리를 냈다. 두 토막은 굵고 한 토막은 중간 크기이며 두 토막은 꼬리부분이라 얇다. 난 아침을 먹는 남편 앞에서 커피를 마셨다. 맛있게 먹는 걸 보니 귀찮았지만 굽길 잘했다고 생각했다. 그런데 가장 굵은 두 토막을 남겨두었다. 뭐든 가장 좋은 것부터 먹기 시작하는 내가 물었다.

— 굵은 것부터 먹지 왜?

남편이 대답했다.

— 점심때 먹으라고!

엄청 잘해주는 척 하고 구웠는데 가장 굵은 두 토막을 남겨 놓다니….

우리 집에도 봄이 와 버렸다.

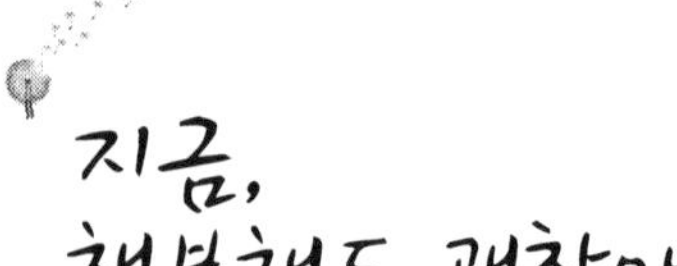

지금, 행복해도 괜찮아

봄맞이

완연한 봄이다. 양지바른 곳에 이른 홍매화가 피더니, 산수유에 이어 개나리가 피고, 벚꽃이 피려는지 몽우리마다 붉다. 남녘에서 올라오는 꽃소식에 엉덩이가 들썩한다. 집안을 툴툴 털어 내는 것으로 봄맞이를 시작했다. 묵은 먼지를 털어내듯 집안 구석구석을 뒤져 물건들을 버리고, 보내고, 그리고 먹어 버렸다. 넓어진 집안만큼 속이 뻥 뚫렸다.

우리 집 주방은 아이들 독립과 더불어 공동 관리 구역이 되었다. 남편과 함께 식사 준비를 한다. 내가 다른 요리를 준비하는 대신 남편이 시골에서 가져온 냉이로 냉잇국을 끓이기로 했다.

— 멸치 육수 내야지?

남편이 물었다.

— 응. 멸치는 보조 테이블 위에 있고 마른 다시마는 냉동실

에 있어.

냉동실을 뒤적거리던 남편이 말했다

— 다시마 없는데?

— 있어. 잘 찾아봐. 얼마 전에도 내가 봤거든.

냉이를 뜨거운 물에 데치면서 내가 말했다

— 진짜 없어.

결국 내가 찾아보기로 했다. 냉동실이 꽉 차지 않았는데도 감쪽같이 다시마가 사라지고 없다. 하는 수 없이 멸치와 보리새우만 넣고 냉잇국을 끓였다.

— 이상하다. 분명히 있을 텐데.

버리지 않았으니까 아마도 어딘가에 잘 모셔 두고 못 찾는 것이 확실했다.

문득 냉장고에 대한 생각이 반짝하고 지나갔다. 우리 집에는 냉장고가 세 대나 된다. 아파트 생활이다 보니 모든 식재료가 냉장고에 들어가야 한다는 것이 그 이유지만 손만 뻗으면 싱싱한 식재료가 널려 있는 환경을 생각하면 이유가 너무 보잘것없다.

'다음에 먹겠다고 냉장고에 들어간 식재료는 몇 퍼센트나 먹게 될까? 계속 저장할 식품은 생길 텐데, 그러다 보면 결국 묵

혔다가 버리게 되는 건 아닐까? 그럼 저축은? 행복은?'

은행이 마치 냉장고 같다는 생각을 했다. 나중이 아니라 지금 싱싱한 재료로 맛있는 요리를 해먹을 수 있다면, 지금 오늘 행복하다면 그것이 최선의 선택이 아닐까.

소유냐 존재냐

짐을 줄여 보기로 했다. 하나 둘 버리기 시작했다. 마늘 다지기가 세 개나 된다. 얼마 전 텔레비전을 보고 연두색 마늘 다지기를 하나 샀다. 그런데 텔레비전에서 보던 것처럼 성능이 좋지 않았다. 아까워 싱크대 서랍에 넣어 두었다가 이번에 맘먹고 분리수거통에 넣어 버렸다. 같은 기능의 제품은 집 안에 하나 이상 두지 않기로 하고 나니 과감해졌다. 물건을 구매하는 데 좀 더 신중해졌다.

아이들이 받아 온 각종 상장도 모두 버리기로 했다. 현태와 소라가 받아 온 상장들이 파일에 가득했다. 이 얇은 종이 한 장을 놓고 얼마나 기뻐했는지 생각하자 만감이 교차했다. 종잇장과 맞바꾼 아름다운 시간은 다시 돌아오지 않을 것이고, 그렇게도 빛나던 상장들은 누렇게 변해 폐지로 분류되어 수거함으로 던져졌다. 유치원 다닐 때 소라가 그렸던 그림들과 현태가 두꺼운 도화지로 밤새 만든 필통, 그리고 각종 수료증도 이번에 모두 버렸다. 내가 버리지 못하는 건 물건뿐만 아니라 물건에 담긴 이야기도 마찬가지였다. 애써 기억하려 노력하지 않아도 남는 것들이 소중한 기억이고 추억이라 생각하니 물건을 붙잡고 늘어질 이유가 없어졌다. 홀가분했다.

'소유냐 존재냐'는 '사느냐 죽느냐'만큼 삶에서 중요한 문제 같다. 나는 보란 듯이 성공한 아이들을 갖고 싶었고 그 욕망이 무너졌다고 생각하는 순간 스스로 불행의 늪에 빠져 버렸다. 고백하건데 내가 아는 성공은 경제적 풍요와 다르지 않았다. 한낱 종잇조각에 불과한 상장처럼 성공이 뭐라고 그렇게 붙잡고 늘어졌을까. 집착하면 그것 밖에 보이지 않는 것처럼 눈이 멀었던 모양이다.

아이들은 내가 낳았지만 본래 내 것이 아니다. 더 높이 오르고, 더 많이 소유하려는 욕망은 끝이 없으므로 내일로 미뤄 둔 행복도 어쩌면 영영 오지 않을 수도 있다 생각하니 아득했다. 나는 지금 행복해지기로 했다. 그래서 바뀌기로 했다.

요구가 현저하게 줄어들었다. 나에게 맞춰 달라고 하기보다는 있는 그대로를 인정하자 따듯한 말들이 오고갔다. 그야말로 가까운 이들이 사랑해야 하는 대상으로 다가왔다. 지식도 책도 그리고 여행조차도 지켜야 하고 늘려야 하는 소유의 개념에서 벗어나 경험과 체험의 개념으로 받아들이자 더욱 자유로워졌다.

부자 선언

생각이 변하자 신기하게도 메말랐던 영혼 깊은 곳까지 촉촉이 젖어 들었고 산책길에선 자연이 부르는 노랫소리가 잔잔한 파도 소리처럼 들려왔다. 새로 태어난 느낌이었다. 모든 것이 달라졌다. 불확실한 미래를 놓고도 불안하거나 초조하지 않았고 아이들이 건강한 상태로 내 옆에서 숨 쉬고 있다는 사실만으로도 충분히 감사했다. 배고프지 않고, 계절마다 바꿔 입을 옷이 있고, 편히 쉴 내 집이 있으므로 나는 이미 부자다. 어느 날 산책길에 남편에게 말했다.

— 나, 부자 선언할래. 오늘부터 난 부자야.

이 말은 더 많은 재산을 모으려고 현재를 쥐어짜지 않겠다는 선언임과 동시에, 앞으로는 정말로 내가 원하는 일을 하며 즐겁게 살겠다는 선언이며, 나중이 아니라 지금 행복하게 살겠다는 의미를 내포한 말이었다. 남편도 동의했다. 우린 마음이 이미 부자이므로 조금 느리게 여유부리며 서로를 위한 시간을 보내기로 했다.

'시간 나는 대로 더 많은 책을 읽고, 글을 쓰고, 여행을 하고, 산책을 해야지.'

지난날들을 기록하듯 컴퓨터에 잡문을 썼다. 글을 쓰는 시간만큼은 누구보다 행복하다. 내가 행복해지자 옆에 있는 사람의 마음도 좀 더 살피게 되었다.

'남편도 아이들도 각자 꿈이 있을 거야. 그들의 꿈을 응원하면서 지켜보기로 하자'

나는 나의 내면의 어린아이도 조용히 불러 토닥토닥 위로해 주었다.

'괜찮아, 잘 했어.'

오랜만에 산에 올랐다. 산 입구에 접어들면 공기부터 다르다. 산은 조용하다.

— 왜 사니?

왜 사냐고 묻는 내게 나는 조용히 대답했다.

— 행복하려고.

— 수고 하십니다.

산에서 나누는 인사에도 다른 의미가 생겼다. 듣는 쪽에서는 단순히 산행에 대한 격려의 의미겠지만 나를 통과한 수고의 의미는 조금 다르다. 산다는 일은 누구에게나 고단한 일이기에 수

고롭지만 잘살아 보자는 다독임과 다짐도 조금 들어 있다.

처음 산에 오를 때는 보이지도 않던 노루 꼬리. 풀각시, 개암, 고사리, 엉겅퀴. 잔대 같은 것들이 서서히 눈에 들어오기 시작했다. 하늘을 날듯 나무를 타는 검은 털 청설모를 만나려면 사람들이 많지 않은 시간대에 산에 올라야 한다는 것도 안다. 인기척이 나면 청설모도 활동을 멈추고 숨어 버린다.

단지 믿어 주고 기다려 주기만 했을 뿐인데 아이들이 변했다.

지난 가을, 제 생일에 집에 온 아들이 날 안고 소파에서 뒹굴며 말했다.

— 우리 엄마, 나 낳느라고 고생했어.

나를 끌어안은 아들의 손끝에서 진심이 느껴졌다. 고생했다는 한마디 말에 그간 마음고생이 봄눈 녹 듯 녹아 버렸다.

함께 쇼핑 간 딸이 의기양양하게 말했다.

— 엄마, 여기 있는 거 다, 다아 골라. 내가 사줄게.

반짝반짝 빛나던 소라의 눈빛을 보면서 벅차오르던 충만감은 뭐라 표현할 길이 없다.

이제는 '행복'이란 단어가 조금도 낯설지 않다. 소소한 이유로 나는 날마다 행복하다. 어쩌면 내가 소유를 버리고 지금, 여기에 있는 행복을 덥석 물었는지도 모르겠다.

삶을
여행하듯

오늘이 마지막 날인 것처럼

『책은 도끼다』라는 박웅현의 책에서 '파리가 아름다운 이유는 파리가 아름다워서가 아니라 우리가 그곳에 있을 시간이 삼일밖에 없기 때문이다'라는 문장을 읽는 순간 마음이 환해졌다. '메멘토 모리Memento more, 아모르 파티Amor fati' 역시 같은 저자의 책, 『여덟단어』에서 찾아낸 값진 문장이다. 메멘토 모리는 '죽음을 기억하라'는 뜻이고 아모르파티는 운명을 사랑하라는 라틴어다. 두고두고 꺼내 볼 요량으로 나는 이 짧은 구절을 고이 접어 기억공간에 밀어 넣었다.

늦가을 어느 날, 동네 산책하다 빈 들을 보며 남편에게 물었다.

— 저 텅 빈 들판도 죽음을 앞둔 사람에게는 아름답게 느껴지겠지?

하늘은 높고 냇가의 마른 풀숲에 숨어 있던 참새들은 인기척에 놀라 포르르 날아올랐다. 남편이 잠시 뜸을 들인 후 대답했다.

— 그렇겠지.

일상으로 들어온 산책길에서 우리는 사소한 이야기들을 주고받는다. 오늘은 어제 죽은 사람에게는 간절했을 하루이기에 오늘이 마지막인 것처럼 두려움을 내려놓고 이 순간을 즐기기로 했다.

유한한 것들은 그 유한함으로 더욱 찬란하다. 사람은 누구나 죽는다는 사실을 알고 있지만 그것이 곧 닥칠 나의 운명이라는 사실은 잊고 지낸다. 나 역시 한 번도 나의 죽음에 대해 진지하게 생각해 본 적이 없다. 영원히 살 것처럼 재산을 축적하고 아등바등 바쁘게 사느라, 서쪽 하늘로 지는 해가 얼마나 아름다운지, 한낮의 구름이 얼마나 다채로운 그림을 그리며 흘러가는지, 들판의 꽃들은 또 얼마나 질서 있게 피고 지는지, 거미줄에 맺힌 아침 이슬이 얼마나 영롱한지를 알지 못했다.

그랬던 내가 걷는 즐거움을 알게 되고 여행을 일상으로 받아들이면서 유한한 삶과 그 유한함이 주는 애틋한 아름다움과 신비로운 경이와 잔잔한 위로를 알게 되었다. 오래오래 걷다 보면 마음이 맑아졌다. 마음에 낀 불안, 초조, 질투, 욕심 등을 걷어내고 나면, 맑고 투명해진 마음을 통해 매일 마주하는 풍경 속에서 스쳐 지나갔던 것들이 새롭게 다가왔다. 서서히 이루어지는 계절의 순환을, 자연의 오묘한 법칙을, 밤하늘의 잔별들을, 철새들의 길고 긴 비행을 온몸으로 감각하면서 감사와 겸손과 자연에 순응하며 사는 삶이 주는 위로를 받아들였다.

여행지에서의 하루는 설렘과 기대와 그리고 불확정성에 대한 불안과 함께 시작된다. 어떤 즐거움이 기다리고 있는지 어떤 위험이 도사리고 있는지 알 수 없지만 그럼에도 불구하고 길을 뚫고 나아간다. 길 위에서 보고, 듣고, 사람을 만나고 시시각각 다른 상황과 마주한다. 머물지 않는다. 무수히 많은 헤어짐의 연속이다. 떠남이 되돌아오기 위한 몸부림이었듯이 이별이 새로운 만남을 위해 반드시 거쳐야 하는 과정이듯이 스쳐 지나가는 인연에도 익숙해졌다.

건강을 위해서도 복잡한 마음을 달래기 위해서도 자주 산책을 하고, 주변 도시를 여행하고, 산에 오르며 앞으로 어떻게 살 것인지, 어떻게 노후를 받아들일 것인지에 대하여 끊임없이 묻고 대답했다. 점점 아이들 중심에서 부부 중심으로 생활이 바뀌었다. 그러다 삶의 지축이 조금 달라진 건 제주 여행을 다녀오면서부터였다.

잡히지 않는 바람처럼

제주 거문오름을 오르던 날이었다. 거문오름 탐방을 마치고 해설사의 추천으로 선인동 마을에 들렀다. 마을 회관에 차를 주차하고 동네를 한 바퀴 돌아보기로 했다. 차에서 내리자 '기억 공간' 앞의 노란 Re:born이란 푯말이 가장 먼저 눈에 들어왔다. 첫눈에 세월호 추모 공간임을 알 수 있었다. 뒷집 할머니가 우사로 쓰던 곳인데 세월호 유가족들을 위해 추모 공간으로 내놓으셨다고 했다. 그곳에서 유가족 한 분을 만났고 유자차를 대접받았다. 자식 잃은 부모에게 어떤 말로 감히 위로할지 난감한데 눈물조차 말라버렸는지 남자 분이 담담하게 먼저 말을 꺼냈다.

— 위로는 안 하셔도 됩니다. 하지만 잊지는 말아 주세요.

그 말을 듣는 순간 목이 콱 메었다. 말이 나오지 않는 입으로 나는 뜨거운 유자차를 연신 흘려보냈다. 기억 공간을 나오면서 입구에 있던 모금함에 지폐 두 장을 넣고 노란 리본 서너 개를 손에 쥐었다.

"나중에 크면 아들이랑 같이 해야지 하고 미뤄 두었던 걸 이제는 영영 할 수 없게 된 것이 가장 마음 아파요."라던 유가족의 말이 자꾸 발에 밟혔다. 부모에게 자식이란 어떤 존재인지 너무나 잘 아니까. 가슴이 한동안 먹먹했다. '존재'이외의 모든 것은 결국 욕심이라는 생각이 가슴을 쳤다. 숙소로 돌아오는 길에 남편에게 말했다.

— 여보, 이젠 아이들을 자유롭게 놔주면 안 될까?

한참 만에 입을 연 남편이 말했다.

— 그래 그렇게 하자.

마음이 한결 가벼워졌다. 차 문을 열고 손을 내밀자 묵직한 바람이 느껴졌다. 잡으려고 손을 움켜쥐면 어느새 손가락 사이로 바람은 다 빠져나가고 빈손이었다. 중요한 것들은 모두 바람 같은 것인지도 모른다.

저녁을 먹고 숙소로 돌아와 남편과 맥주를 앞에 두고 앉았다.

— 나중에 퇴직하면 우리 여러 도시에서 살아보자.

내 말에 남편이 대답했다.

— 퇴직하면 그렇게 하자. 제주도에서 몇 달, 지리산 어느 골짜기에서 또 몇 달.

길에서 만나다

그러니까 돌이켜보면 나의 첫 번째 여행의 목적은 그야말로 탈출이었다. 막막함, 우울, 슬픔, 배반감이 산재한 현실로부터 멀리 달아나 잊고 싶었다. 돌아오지 않을 수 있으면 그러고 싶을 만큼 '지금, 여기'라는 현실과 마주하는 일이 어렵고 불편하고 싫었다. 그렇게 도망치듯 떠나온 여행지에서도 나는 오래도록 걸었고 걷다 보면 내 안의 오래된 기억들이 그곳의 풍경 위로 아지랑이처럼 떠오르곤 했다.

라오스의 몽족 마을에서는 어린 시절의 엄마가 떠올랐고 몽골의 넓은 초원에서는 스무 살의 나와 만났다. 까마득히 잊고 살았던 행복했거나 혹은 슬펐던 시간들이 낯선 도시와 만나 새로운 기억을 만들어 갔다. 파편처럼 조각난 과거와 현재, 그리고 다가올 미래가 무질서하게 길 위에서 만나고 헤어졌다. 이런 일련의 만남을 통해 나도 모르던 나와 마주했다. 지금까지와는 다른 삶을 살아보고 싶은 욕구가 분수처럼 솟구쳤다.

여행지의 낯선 길 위로 일상의 기억이 나란히 걸었다. 기억은 늘 우리 곁에 숨 쉬고 있다. 도시가 나의 감각을 통해 내 몸과 만나고 내 오래된 기억과 더불어 새로운 기억을 만들어 갔다. 그런 과정을 거쳐 그 도시는 나와 특별한 인연을 맺었다.

삶을 여행처럼

숱한 하루들과 이별하고 또 새날을 맞이하는 여행이 삶과 많이 닮았다. 여행이 행복했던 기억과 슬펐던 기억들로 아로새겨진 기억의 총체라면 삶 역시도 훗날 돌아보면 슬프거나 기쁘거나 혹은 행복했던 모든 기억이 교차하여 만든, 세상에 단 하나뿐인 아름다운 기억의 총체, 즉 나의 본래의 모습이 아닐는지. 그러므로 여행의 모든 기억처럼 살면서 기억되는 모든 것들은 끝내는 아름다울 것이다. 여행은 이렇게 시나브로 내 운명을 받아들이고 사랑하게 되는 생의 전환점이 되어 주었다. 지나온 도시들이 그리움으로 남듯 지나온 시간은 돌이킬 수 없으므로 언제나 그립다. 곧 여행이 끝나듯 인생 역시 한 발 한 발 다가오고 있는 마지막 순간으로 인해 운명조차 기꺼이 사랑할 수 있을 것 같다.

내일 걱정은 내일 해도 충분해. 삶은 언제나 예상 밖의 모습으로 나타나니까 미리 두려워해도 방법이 없다. 일어날 일은 일어나게 되어 있고 일어난 후에 고민해도 늦지 않다. 이 길이 아니면 또 다른 길이 있겠지. 그냥 다가오는 내일을 여행자의 아침처럼 순순히 맞이하기로 마음먹으니 홀가분하다. 상황을 바꿀 순 없지만, 그에 대한 나의 태도를 바꿈으로써 상황을 달리 해석할 수는 있으니까. 영화 <어바웃 타임>의 명대사가 떠올랐다.

'우린 우리 인생의 하루하루를 함께 여행한다. 우리가 할 수 있는 건 최선을 다해 이 멋진 여행을 즐기는 것이다.'

누구에게나 삶은 비슷비슷하고 마치 여행에서 돌아와 사진을 넘겨보며 추억하듯이 결국 나이 들어 지난 시간을 추억하게 되겠지. 그러므로 나의 여행은 생의 마지막 순간까지 계속될 것이다.

상처와 무늬

찻주전자에 차를 우리다가 크랙이 눈에 들어왔습니다. 크랙은 명사로는 금, 틈을 말하며 동사로는 갈라지다. 금이 가다. 깨지다, 부서지다란 의미입니다. 공장에서 찍어낸 도자기엔 크랙이 없습니다. 천도의 가마를 거친 도자기에만 나타나는 크랙은 가마 문이 열릴 때부터 생기기 시작하여 도자기가 완전히 식을 때까지 온도 차에 의해 발생합니다. 크랙만 생기는 것이 아니라 크랙이 생기면서 맑은 소리도 들립니다.

그러니까 크랙은 파열이며 상처입니다. 그런데 전 무늬와 다름없는 도자기에 난 그 상처가 참 좋습니다. 바라보고 있으면 아름다운 도자기로 탄생하기까지의 과정이 보이는 듯합니다.

처음 물레 돌리던 날이 생각납니다. 처음 몇 달은 지루한 손작업을 합니다. 흙을 반죽하고, 빚고, 깎고, 말리고, 초벌구이하고, 유약을 바르고. 다시 가마에 굽습니다. 그릇 하나가 나오려면 수천 번의 손이 갑니다. 그러다 물레를 돌리게 되면 마치 장인이 된 듯 뿌듯합니다. 하지만 쉽지 않다는 것을 곧 알게 됩니다. 힘 조절에 실패하고 중심을 못 잡아 제멋대로 빚어지던 그릇들 앞에서 초심으로 돌아갑니다. '흙 만지는 일조차 쉽지 않구나.' 세상에 쉬운 일은 하나도 없는 것 같습니다. 하물며 사람을 기르는 일이란 얼마나 지난하고 복잡한지요. 사랑 없이는 불가능한 일입니다.

최근에 손작업으로 만든 화병 두 점을 거실 앞쪽으로 옮겼습니다. 하나는 크고 하나는 조금 작은 원기둥 모양의 화병입니다. 두 개의 화병을 나란히 놓으면 아래는 황톳빛이고 위는 연한 옥빛이 이어집니다. 저는 나란히 놓인 화병에서 야트막한 언덕을 봅니다. 가만히 보고 있으면 언덕에서 꽃도 피어나고 바람도 불어오고 새도 날아듭니다. 힘들게 오르지 않아도 되는 낮은 언덕, 단순한 풍경이 주는 위로를 기꺼이 받아들입니다. 바람에 몸을 맡겨버리듯이 지금 이 순간을 오롯이 살고 싶은 소박한 꿈을 꿉니다.

나를 낳아 주신 부모님과 남편을 제게 보내 주신 시부모님, 그리고 언제나 마음 깊은 곳에 자리하고 있는 사랑하는 가족에게 제일 먼저 감사하다는 말을 전하고 싶습니다. 저를 문학의 입구로 안내해 주신 첫 번째 스승이신 박윤규 동화작가님, 글을 계속 쓸 수 있는 장을 열어 주신 류달상 선생님, 글은 엉덩이로 쓰는 것임을 알려준 윤숙 작가님, 미숙한 제 글을 세상에 나갈 수 있게 길을 열어 준 김정은 작가님 고맙습니다. 그리고 멀리서 아픈 몸으로도 원고를 꼼꼼히 읽고 조언을 아끼지 않은 소정 언니, 늘 나의 모자란 재능을 믿어 주고 밀어주는 내 친구 박윤미, 정령에게 고맙다는 말 전합니다. 그리고 내게 다양한 삶의 방식을 알게 해 준 <동팔이> 회원들과 『이문』을 함께 만들고 있는 문우 여러분들 모두 고맙습니다. 더불어 크고 작은 인연을 맺고 나의 삶을 풍요롭게 만들어 주신 모든 분들께도 머리 숙여 감사드립니다.

끝으로 짧지 않은 시간, 맘대로 되지 않던 삶에 거친 악다구니로 채우지 않고 묵묵히 버텨 온 남편과 딸, 사랑이 그리고 아들, 희망이에게 고맙고, 감사하고, 사랑한다는 말 전하고 싶습니다. 지금 저는 행복합니다.

2018년 4월 6일
벚꽃 흩날리던 날
정순 씀